수요일의 텍스트

시작시인선 0206 수요일의 텍스트

1판 1쇄 펴낸날 2016년 6월 24일
지은이 정원숙
펴낸이 이재무
책임편집 김연필
디자인 이영은
펴낸곳 (주)천년의시작
등록번호 제301-2012-033호
등록일자 2006년 1월 10일
주소 (04618) 서울시 중구 동호로27길 30, 413호(묵정동, 대학문화원)
전화 02-723-8668
팩스 02-723-8630
홈페이지 www.poempoem.com
이메일 poemsijak@hanmail.net

ISBN 978-89-6021-276-3 04810
978-89-6021-069-1 04810(세트)

값 9,000원

*이 책의 국립중앙도서관 출판시도서목록(CIP)은 서지정보유통지원시스템 홈페이지(http://seoji.nl.go.kr)와 국가자료공동목록시스템(http://www.nl.go.kr/kolisnet)에서 이용하실 수 있습니다.(CIP 제어번호: CIP2016014937)
*이 시집은 2014년 한국문화예술위원회의 문학창작기금을 받아 제작되었습니다.

수요일의 텍스트

정원숙

천년의 시작

시인의 말

깊은 잠에서 깨어나자

여름 지나

가을 지나

겨울 지나

어느덧

봄이 다가와 있었네.

춘천에서도

청평에서도

나는 새롭게 태어나고 있었네.

2016년 여름

청평 강가에서

차례

제2부

제3부

해설

제1부 모나드

모나드

검은 구름이 몰려옵니다. 창문이 없는 것은 내 잘못이 아닙니다. 세상엔 창문 같은 건 없었나 봅니다. 이 글쓰기를 지연해야 할까요? 온종일 검은 흙을 토해내는 천장, 날개 잃은 새들의 노래 소리, 밤하늘의 별들이 떨어져 이마에 핏물이 흐르는 소리 들립니다. 여기가 어디냐고 묻든, 거기가 어디냐고 따지든, 난 뿌리째 가득합니다. 주머니가 없는 건 내 잘못이 아닙니다. 세상엔 주머니 같은 건 없었나 봅니다. 이 텍스트를 포기해야 할까요? 보세요. 주머니가 없어도 나는 상상으로 아기를 낳고 상상으로 아기를 사산합니다. 완전한 복화술을 익히면서 완전한 식물성을 탐구하면서 정의도 사상도 검은 흙 속에서 골라냅니다. 손톱으로 짓이겨 없애버립니다. 손목에 돋아나는 정맥들의 인사, 안녕이라고 말하지 마세요. 깨끗하게 지워질 날이 가까워옵니다. 죽어서 사는 것보다 살아서 죽는 것이 찬란하다고 썼던 걸 지워야 할까요? 아닙니다. 고백은 텅 빈 것입니다. 고백 같은 건 기르지 않기로 했습니다. 무섭지 않아요. 두렵지 않아요. 창문은 원래 없었고 깨진 유리 조각도 애초에 없었습니다. 구속하고 인내하고 굶으면서 골똘히 생각이라는 물질을 만집니다. 마음의 창문을 부숴야 할까요? 어디로 나가야 할지 나에게 묻지 마세요. 나는 온통 젖어 있고 뿌리째 아득합니다. 주머니가 없는 건 내 잘못이 아닙니다.
고백 같은 건 기르지 않기로 했습니다.

잉어와 잉여

내 눈은 가까운 곳을 보지 못한다. 너는 눈과 입과 귀를 스치는 바람인가 너는 내 심장을 기웃거린다. 너는 내 젖무덤에도 있고 뒤통수에도 있다. 콩콩 뛰며 들러붙어 있다. 키스를 할 때도 잠을 잘 때도 너는 늘 내 몸 어딘가에 기생한다. 보이지 않는 마음과 보이지 않는 손이 우리를 이끌고 있는가 미치광이 냄새가 풍겨온다. 달콤함이 진동하는 썩은 과일 냄새가 시간을 지배한다. 내 눈은 가까운 곳을 보지 못한다. 냄새가 키스를 몰고 오고 키스가 냄새를 밀어낸다. 등 뒤에서 초콜릿이 녹는다. 한밤의 태양이 녹고 히말라야 만년설이 녹는다. 너는 눈과 입과 귀를 스치는 바람일 수도 있다고 생각한다. 한날 한시에 한 몸이 되어가는 우리를 우리라고 부를 수 있는가 너의 언어가 나를 핥으며 미끄러진다. 나의 잠과 너의 꿈이 한없이 미끄러지며 녹고 있다. 이대로 죽어도 좋다고 생각한다.

수요일의 텍스트

수요일엔 강물 따라 낡은 철교 건너 춘천에 가지요. 물살이 약해지면 부드럽게 한숨 쉬고 장애물을 만나면 몸을 활처럼 휘었다 껑충 뛰어 정면 돌파하지요. 어떻게든 수요일엔 춘천에 가지요. 가야 하지요. 춘천은 마음에서 먼 거리, 한 편의 시를 써서 밤새 외워도 눈 깜짝할 사이 백지가 되는 거리. 그 거리엔 예술가도 많다지요.

수요일엔 강물 따라 절벽을 오르고 모래톱도 걸으며 춘천에 가지요. 독사와 파라독사가 경계를 지우기도 하는 곳. 독사를 잡으면 파라독사가, 파라독사를 잡으면 독사가 혀를 날름거리지요. 그리고 한순간, 쾌변엔 더없이 좋은 순간이 오지요. 그 순간을 수요일의 언어로 쾌락이라 하지요. 우리는 왜 불쾌한 수요일만 기억하나요?

불쾌한 수요일의 기억을 지우려 수요일의 마음을 훔치러 춘천으로 가지요. 수요일은 몸속으로 녹아들어 구불구불 사행천, 온몸은 전철의 선로로 휘어지지요. 행로를 이탈하면 강물이 범람하구요. 춘천행 길은 끝이 보이지만 마음이 가는 길은 끝이 없지요. 뱀처럼 현명한 춘천엔 예술가도 많다지요.

수요일엔 구불구불 춘천에 가지요. 한 편의 시를 써서 밤새 외워도 까맣게 백지가 되는 거리. 어떻게든 수요일엔 춘천에 가지요. 가야 하지요. 구불구불 사행천, 불쾌한 수요일의 기억들, 도둑맞은 수요일의 마음, 수요일의 언어로는 쾌락이라 하지요. 춘천으로 가는 길은 수요일의 텍스트, 끊임없이 이어지는 텍스트지요. 죽음의 모랄처럼

월요일

침묵으로 가는 길은 멀었다. 귀에서 입으로 가는 길은 짧았다. 당신은 말했다. A급은 스페셜이고 질이 좋아. B급은 거짓 낭만이고 소설의 끝처럼 씁쓸하지. 길 위 꽃을 꺾어 방을 장식했다. 보이지 않는 향기가 시간을 왜곡했다. 노래는 아무것도 건설하지 못했지만 B급이 세상을 적셨다. 내겐 정전이 없다. 그러므로 나는 들을 것이다. 결코 나는 발설되지 않을 것이다. 서정의 방식으로, 거짓 낭만이 비에 젖고 있었다. 불멸의 방식으로, 보도블록이 장맛비에 부서지고 있었다. 향기와 시간이 걸어간 길을 따라 길이 흘렀다. 월요일은 모레일 수도, 영원할 수도 있다고 생각했다. 도살장으로 향하는 돼지들의 엉덩이가 보석처럼 빛났다. 입에서 항문으로 가는 길은 짧지 않았다. 아침이면 걸레 같은 태양이 떠올랐다.

나비

나는 하나인가 둘인가 물결이 갈기처럼 사납다. 꺼진 해를 올려놓은 자 누구인가 산정의 묘지는 어떤 인연에 대해 골몰하는가 풀리지 않는 문제는 없고 피지 않는 꽃은 없다. 어디가 진창이고 누가 매혈자인지 묻지 말자. 개들이 산 위로 뛰어가고 풀잎이 푸른 빗장을 연다. 사출선은 더 멀리 존재한다.

나는 여기 있는가 저기 있는가 허허벌판이 되어버린 갯벌, 물의 갈비뼈가 앙상하다. 사람의 마을은 멀어지고 갯바위 울음이 발밑에서 질척거린다. 물결의 끝은 알 수 없지만 오늘은 저 물결이 다만 잔잔하다고 생각하자. 아주 가까운 곳에서 물의 사자使者가 저녁상을 차리는가 귀환하지 못한 것들은 이곳에서 발목을 잘렸을 것이다.

나는 살아서 느끼는가 죽어서 날아다니는가 해면이 아귀를 맞추고 바람이 쩌렁쩌렁 하늘을 질책한다. 물결의 숨결이 내 가슴의 올무마다 걸린다. 머릿속을 돌멩이가 왁자지껄 굴러다니고 메뚜기가 마음을 까맣게 뒤덮는다. 달빛이 시비를 건다. 그래 참아주마, 끝까지 가보자. 영원은 어차피 내 가슴팍에 있다.

태양의 뒤편

아침 이슬을 말리고
노을빛에 목을 적신다.

소년의 바짓가랑이에 달라붙어
떨어지지 않는 흙탕물

놀이터의 시소는 한밤에도 기다린다.

저녁이면 검은 휘장을 치고
고양이의 발뒤꿈치에 짓밟힌다.

외등의 나방이 맛보는 허공의 달콤함

날마다 흥건히 젖는 것은
붉고 빛나는 것들의 신음 소리

놀이터로 달려가는 슬리퍼의 가벼움과
뜀을 뛰는 운동화의 무거움 사이
태양이 추리하는 오늘과 내일의 거리 사이
달빛과 구름이 숨죽인 나날들을 힘겹게 껴안고

아침이 올 때까지
새벽이 질 때까지

너는 두 얼굴로 셈을 하고
나는 한쪽 얼굴을 감춘다.

너와 나의 관계는
여러 체위를 가졌다.

소금의 텍스트

찬란을 입고 싶었다. 반짝이는 것들 모두 찬란인 줄 알았다. 나는 어디 있는가 소금쟁이는 느리게 걸어가고 곧 증발해버릴 것 같은 불안, 다시 물이 되어 끝없이 유랑할 수밖에 없을 것 같은 공포. 찬란 때문에 불안 때문에 백색의 알갱이가 되었다. 찬란을 손에 쥘 순 없었다. 딱딱한 물질 속에서 정신을 단련시켰다. 땡볕의 염전은 나의 모천. 소금쟁이가 가는 길은 한없이 부럽고도 의심스러웠다. 바다 너머도 그 안쪽도 탐한 적 없었다. 찬란을 살고 싶었다. 떠밀고 움켜잡고 발로 차고 물어뜯었다. 미성숙은 공포보다 용감했다. 고고함은 단단한 침묵을 뚫고 반짝거렸다. 그것들이 삶을 왜곡했다. 소금쟁이가 가는 길엔 발자국도 찍혀 있지 않았다. 차고 더운 날들이 수차 아래서 아프게 잘려 나갔다. 온몸이 정신이 되어 고립이 고독을 밀고 고독이 침묵을 뱉어냈다. 어느 날 고단한 누군가의 삶에 짠 맛을 보탤 수 있다면, 내 언어가 완전한 결핍을 이룰 수 있다면, 흔적도 없이 증발할 때까지 찬란으로 살고 싶었다. 그러나 나는 어디 있는가 소금쟁이는 느리게 걸어가고 반짝이는 것들 모두 별인 줄 알았다. 별은 찬란이 아니었다. 찬란은 내 손 끝 저 멀리에 있었다.

밀애

밀실이 있다. 이곳에도 저곳에도 밀실은 있다. 밀약을 한 움큼 입에 털어 넣는다. 밀가루 맛이 난다. 어제도 오늘도 만나지 못할 인연을 기다리며 천 개의 입을 달싹인다. 천 개의 말이 숨진다. 숨진 것들에선 왜 냄새가 나는 걸까 살아서 누설하지 못한 밀지가 썩는다. 광야를 달려온 바람의 울음이 목젖에 걸린다. 곧 꺾일 꽃이다. 이미 진 꽃이다. 여러 계절을 탕진했다. 발광하는 것들의 꽁무니는 아프다. 발광의 힘이 기형을 낳았고 가난을 낳았고 고독을 낳았다. 바닥이 가까워진다. 가까운 곳에서 먼 곳에서 나를 부른다. 더 낮게 포복하며 밀사를 기다린다. 이 별은 달콤하게 녹고 있다. 이 별은 허무의 극점을 잊었다. 나는 나를 가두지 않았다. 나는 밀실을 사랑한다. 밀실은 나를 사랑한다. 그래서 나는 밀실이다. 밀실에는 밀사가 오지 않는다. 이곳에도 저곳에도 밀실은 있다. 밀약이 밀가루 맛을 내는 것은 많은 비밀을 단련시킨 까닭이다. 천 개의 혀가 밀실 문을 밤새 덜컹거린다.

분서焚書

의심이 점점 늘어간다. 책장을 정리해도 의심은 사라지지 않는다. 기억도 나지 않는 줄거리. 감정도 먼 흑백사진 몇 장. 그들은 죽어 여기 없고 오늘의 눈동자는 살아서 그들의 사진을 본다. 창밖으로 매미 껍질이 바스락거리며 떨어진다. 매미도 한 시절을 불살랐을 것이다. 그들의 웃음을, 사진을, 기억도 희미한 페이지를 불사르기로 한다. 의심들을 불사르기로 한다. 불을 당기자, 기억나지 않는 상징 속에서 수런수런 말소리 들려온다. 의심이 점점 늘어간다. 불타오르면서도 의심은 멈추지 않고 재로 쌓인다. 오로지 순간에만 집중하자. 불타오르는 순간만은 완전하다. 하나의 점이 될 때까지. 불타오르는 순간만은 순수하다. 하나의 실재가 될 때까지. 책을 불사른다. 이데아를 불사른다. 죽은 저자들의 사회를 불사른다. 영원히 죽지 않을 작자들의 난무하는 상상력, 죽은 광기가 저토록 아름다울 수 있을까 불타오르는 순간은 완성된다. 하나의 철학이 될 때까지. 불타오르는 순간은 순정하다. 하나의 정치가 될 때까지. 아직도 할 말이 많은 입술들을 불사른다. 아직도 완성하지 못한 역사들을 불사른다. 의심은 영영 줄어들지 않는다.

0도

나는 너를 읽는다. 너의 심장 끝에서 꽃이 핀다. 향기가 피어오른다고 적다가 손을 뻗어 다시 더듬어본다. 너의 손에서 가시가 돋아난다. 아프다고 읽다가 다시 고쳐 쓴다. 너의 눈에서 태양이 진다. 춥다고 절절 사무치다가 꼬깃꼬깃 접는다. 접은 귀퉁이마다 마음이 몸져눕는다. 너의 입속에서 마지막 달이 차오르는 걸 느끼는가 너는 나를 감긴다. 눈과 입과 귀를, 나는 너를 훔친다. 눈동자와 혀와 심장을, 너의 귀에도 물소리 흐르는가 달고 맵고 짜고 쓰도록 너는 나를 쓴다. 나의 발밑에도 풀씨는 솟아 오르는가 나는 너를 읽는다. 백주에, 눈을 푸르게 뜨고도, 나는 너를, 너는 나를, 모른다, 모른다고

링

링은 둥글고 사각이고 김밥처럼 옆구리가 터지기도 한다. 나는 링을 먹고 성장한다. 링은 나의 공포를 먹고 항문과 성기를 조여주고 괴로움과 두려움을 번식하고 죄와 벌을 은유한다. 나는 링이 좋다. 사각의 링에서 당신은 오늘도 주먹을 날리고 편의점에서 링의 바코드를 찍는다. 링은 당신의 주먹을 비웃고 링은 당신의 지갑을 비웃는다. 링은 밖에도 있고 안에도 있다. 링은 둥글지만 사각이고 부드럽지만 날카롭다. 링은 둥근 얼굴을 가지고 있고 칼날을 숨기고 있다. 그래서 나는 링이 좋다. 나는 링을 먹고 빠르게 성장한다. 태어난 지 백일째 누군가 끼워주던 링의 기억은 너무 헐거웠고 당신이 끼워준 링은 둥글지만 꽉 끼어 나는 그 힘으로 날마다 당신에게 사육당했을까 링은 응전의 형식을 추구하지만 끌어안고 뒹구는 사랑을 즐기기도 한다. 밥상은 사각의 링, 끝없는 이전투구의 장場. 수저와 깨진 접시가 링 위에 나동그라지고 우리의 얼굴이 둥근 형식을 버리고 날카로운 형식을 취할 때 네가 너의 링을 좋아하는 것처럼 나의 링도 좋아해줄 순 없겠니? 그러나 나는 링이 좋다. 나의 링이 좋다.

이누트의 노트

너는 나를 등지고 앉아 있다. 나는 너의 등을 본다. 나는 입술을 오므렸다 둥그렇게 벌리며 너의 이름을 부른다. 너의 머리카락이 살짝 날린다. 내 눈이 몇 번 깜빡일 때 네 머리가 오른쪽으로 살며시 기운다. 내 코가 몇 번의 공기를 들이 마실 때 너의 오른쪽 어깨 위로 머리카락 한 올이 스르르 떨어진다. 나는 입술을 다시 오므렸다 둥그렇게 벌리며 너의 이름을 다시 부른다. 너의 어깨가 살짝 솟구쳤다가 응, 소리가 나며 너의 얼굴이 너의 등 뒤로 나타난다. 나는 오므렸던 입술을 동그랗게 말며 너에게 말한다. 너는 눈을 끔뻑대고 입술을 삐죽대며 머리를 흔들다가 이내 고요하다. 나는 말하고 너는 듣고 내 가슴은 뛰고 네 가슴은 알 수 없고, 너는 고개를 돌렸다가 무언가를 적고 다시 얼굴을 내 쪽으로 맞댄다. 내 입이 몇 번의 공기를 내쉴 때마다 너의 입술은 쪼그라들었다가 다시 펴진다. 그리고 너는 다시 나를 등지며 앉아 있다. 나는 다시 너의 등을 본다. 나는 입술을 오므렸다 둥그렇게 벌리고 너의 이름을 다시 부르려다 너의 이름을 잊기로 한다. 지금부터는 잉여의 시간이다.

몽설夢泄

침을 삼킬 때마다 딸깍하는 목젖소리를 사랑하기로 했다. 목소리가 밤마다 턱을 넘어 문턱을 넘어 거리를 달렸다. 어제는 2시간, 오늘은 1시간 반 만에 꿈에서 튀어나왔다. 쓴 입 속으로 붉은 우산을 쓴 누군가 다녀갔다. 백색 시폰을 쓴 길목마다 으슥한 그림자마다 사람이 되기 위해 사람을 포기해야 하는 사람들이 늘어났다. 불현듯 찾아오는 뱃속의 허기를 사랑하기로 했다. 아침은 고구마 한 개, 점심과 저녁은 소박한 샐러드, 매일 겨드랑이에서 날개가 솟아올랐다. 아침이라는 무겁고 무서운 진실이 북창을 열면 끌려 나온 꿈들이 수수께끼를 하고 나는 더욱 유일해지고 골똘해지고 있었다. 온실 속 꽃들은 함부로 피었다 시들고 탄식은 무릎의 고백을 낭송했다. 내 귀는 불가능한 음모들을 사랑했지만 목요일의 메마른 입술을 서둘러 껐다. 사람이 되기 싫어 사람의 탈을 벗어버리는 사람들이 늘어났다.

아름다운 창문이 될 수 있다면

맛있는 식당이 될 수 있다면

멋진 향수鄕愁를 기를 수 있다면

문득 바람의 꿈을 훔쳐올 수도 있다고 생각했다. 동쪽으로 한쪽 발을 걸치곤 내내 함구했다. 흘러가는 것이 없으므로 줄줄 새는 것도 없다고 침묵을 뚝뚝 떨구며 다시 잠을 꾸렸다.

마고에게

버드나무 아래 휘날리는 빨래. 그 나무 아래 숨죽인 풀잎. 너도 지나간 적 있지?

그런 풍경들 속에서 들려오는 바람 소리. 너도 들은 적 있지?

햇빛이 살짝 발을 오므린 난간
그곳을 날아오르는 고양이의 중력
불 꺼진 가로등과 불 켜진 가로등 사이

너의 꼬리와 나의 머리를 좁히는 간격
창문과 창문 사이를 이어주는 외마디 비명
소리와 소리를 단절하는 사이렌 소리

베어져 나간 커다란 둥치. 나무를 사랑해서 나무를 증오해서 나무를 베다가 나무에게 온몸을 바친 한 사내가 반생을 살던 집의 뜯겨져 나간 문짝. 그 문짝으로 숨어드는 밤의 찬 공기

공기를 마시고

나날이 배를 불리는 무덤과
너와 나의 공포
공포 끝에 휘날리는 웃음의 파편들

버드나무 잎처럼 흔들리는 빨래와 숨죽인 풀잎과 숨을 쉬는 무덤과 바람 소리를 나누어 먹으며 너와 나의 웃음이 자라고 너와 나의 공포는 키가 줄어들어

그래서
나무는 우리를 증오하고
우리는 무덤을 고민하지.

언니들

걸음마를 익히자 낯선 햇빛이 엄마들의 뱃속에서 기어 나왔죠. 뒤통수도 앞통수도 영 닮지 않은 언니가, 맨 먼저 배운 표정으로 방긋 웃으며 백 년 전의 나무와 꽃과 새들에게 봄물을 내뱉을 때 우리는 갈지자로 더듬더듬 눈을 훔쳤죠. 모조 얼굴, 모조 핏줄, 모조 이름들. 늘 졸거나 잠이 들면서 해가 뜨고 달이 뜨면 더욱 새로워지는 얼굴과 핏줄과 이름들. 키가 커갈수록 팔이 길어질수록 안녕! 우리는 서로에게 함축되지요. 엄마가 언니로, 동생이 언니로 그림자 없이 발명되지요. 새로운 발명은 혈통을 무너뜨리고 다른 핏줄을 산란하지요. 늘 졸거나 잠이 들면서, 우리들이 안녕하면 언니들은 변종되고 언니들이 안녕하면 세상의 아기들이 아장아장 걸음마를 하지요. 우리는 눈동자가 서로 달라요. 그래도 언니라는 이름으로 하나로 묶이지요. 누군가 뒤에서 언니! 라고 부르면 엄마도 나도 언니도 동생도 모두 돌아다보지요. 늘 졸거나 잠이 들면서 중지와 검지가 가리키는 길 위로 언니들은 언저리를 지나 언청이를 지나 얼간이 사이를 빠져나오지요. 질량도 없이 여백이 되지요. 우리는 논리적으로 윤리적으로 하나로 엮일 수 없지만 달빛의 공백을 달리며 서로의 어둠을 나누어 까먹지요. 늘 졸거나 잠이 들면서 낯선 사람과의 통성명은 새로운 언니를 탄생시키지요.

言

세상에서 가장 천박한 계륵이다. 내 마음과 그 마음이 시기하고 저 마음과 이 마음이 서로 염탐한다. 같은 시간 같은 장소 같은 식탁 위에서 열 두 개의 손가락과 천 개의 표정으로. 내 마음은 삼십 분 전과 다름없는데, 네 마음은 십 분 전과 다르고, 당신 마음은 저 마음을 열어젖히려 안간힘을 쓰고. 모자를 쓴 당신은 백 개의 모자를 숨기고 장갑을 낀 너는 네 생의 서문을 자꾸 수정하고. 나를 열어봐, 나를 파헤쳐봐, 선풍기 날개 사이로 언뜻언뜻 스치는 우리들의 이미지. 그 날갯짓에 싹뚝싹뚝 잘려나가는 우리들의 숨겨진 마음. 보이는 모든 것이 그림자다. 보이지 않는 모든 것이 읽히지 않는 책이다. 내가 폐쇄적이라서 너는 직선적인가 그래서 당신은 내성적인가 입으론 발가벗고 마음으론 무덤을 꾹꾹 눌러 다지는, 세상에서 가장 척박한 기투이다. 내 마음과 그 마음이 오독된다. 저 마음과 이 마음이 서로 부딪쳐 피 흘린다.

고백

너는 나에게 자꾸 울음을 던지고 나는 너에게 자꾸 물음을 던진다. 싱겁고 짜고 모난 것들이 가슴에도 팔에도 젖무덤에도 돋아난다. 싱거운 소리는 줄줄 새고 짠 것은 혀를 바짝 졸이고 멥쌀처럼 모난 감정들은 돌을 던져 나의 하루를 소란으로 장식한다. 너의 꽃봉오리가 활짝 벌어지면 한 사람이 쓰러지고 두 사람이 무너질까 안아주면 사탕 줄게. 증발할 수 없는 날들이 혀에 가득 차오르고 너와 나는 매순간 너였다가 나였다가 사막을 걷다가 습지를 걷다가 검은 밤의 태양과 마주친다. 업어주면 안 울게. 너의 얼굴은 너무 가까이 있어 알 수 없고 나의 손은 너무 멀리 떨어져 있어 너를 만질 수 없다. 소리를 질러도 발을 굴러도 너는 그곳을 빠져나오지 못하고 나는 너를 벗어날 수 없다. 나는 너를 살고 너는 나를 살지만 우린 한 번도 만난 적 없고 나는 너를 모르지만 너는 나를 잘 안다. 풍선 불어주면 절대 널 터트리지 않을 게. 네 혀가 내 입술에 침을 듬뿍 바른다.

구전口傳

우리는 욕설을 내뱉지 않고 지겨운 더위에 냉장고 문을 부여잡고 울지 않는다. 우리는 질병을 껴입고 병원을 배회하고 겨울바람에게 궁색한 변명을 하지 않는다. 그러므로 *우리는 외계의 온도에 따라 체온이 변하는 동물이라고 얇은 혀에 서표를 꽂는다.*

우리는 광장을 야습하고 순수함을 어리석음과 교환하지 않는다. 우리는 어스름이 집을 짓지 않고 죽음을 외경하지 않는다. 가깝고도 먼 거리의 짐승들의 울음이 우리 것이라고 여기기도 한다. 그러므로 *우리는 외계의 흐름에 따라 팔색조가 되는 변온 인간이라고 침묵의 혀로 허공에 외친다.*

우리는 동그라미를 네모로 미화하지 않는다. 그것들을 미학으로 숭배하지 않는다. 우리는 환해서 뒤까지 다 비치는 유리창을 사랑하기로 한다. 가을과 봄을 독식하는 당신들을 질투하지 않는다. 그러므로 *혀는 돌돌 말리고 우리의 내계는 아직 불안전하고 결절의 지대를 벗어나지 못하는가*

우리는 옛 친구의 목소리를 호주머니에서 뒤적거리기도 한다. 독설과 방종을 섞은 탁주를 들이켜도 고독의 등을 들키지 않는다. 두려운 가불의 나날이 바람에 떠다녀도 우리는 겨울 강에 온 마음을 투신하지도 않는다. 그러므로 *우리는 아직 사람처럼 보이는가*

우리는 가끔 다정함과 미움이라는 말을 서로의 가슴에 흘려보내기도 한다. 그리고 여전히 아침이면 가출하고 저녁이면 밤을 꼬박 새우며 출가한다. 그리고 매일 직유와 은유를 버리며 산다. 그러므로 *우리는 여전히 사람처럼 보이는가*

예술가

그는 아주 먼 곳을 본다. 그는 아주 먼 곳에서 태어나 아주 가까운 나라에서 죽는다. 그를 알아보기 위해서 우리는 두꺼운 옷을 벗어야 한다. 두꺼운 안경을 써야 한다. 그를 마중하기 위해서 우리는 식은 국을 데워야 한다. 먼 곳의 공기는 따뜻하고 그의 외투는 낡아야 한다. 그는 아주 먼 곳에서 온다. 아주 가까운 곳에서 밥을 먹고 아주 먼 곳에서 잠든다. 그를 방문하기 위해서 우리는 한 점이 되어야 한다. 그를 배웅하기 위해서 우리는 세 치 혀를 숨겨야 한다. 그는 아주 먼 곳으로 떠난다. 떠나기 전 그가 내뱉는 말들은 가난한 나라의 때 낀 맨발이다. 떠난 후 그가 남긴 공기들은 아무도 돌보지 않은 죽은 곤충의 날개이다. 그는 아주 먼 곳에서 다시 불어온다. 오늘의 바람이 향기롭지도 달콤하지도 않은 건, 바람 속에 안개가 섞여 있는 건, 그가 아주 가까운 곳에서 태어나 아주 먼 나라에서 죽었기 때문이다.

불편

허리가 아파 병원에 갔을 때 의사가 딱하다는 표정으로 나를 바라볼 때 내 스타일은 어느 문예지에 10포인트로 활자화되어 통속을 복제한다. 자꾸 도지는 발가락의 세균들이 살갗을 헤집을 때 추문은 발랄하게 번지고 포복절도의 날들은 쓰디쓴 맛으로 테이크아웃 된다. 질 나쁜 스타킹은 자주 올이 나가고 가려움의 고통은 *不正*의 근육이 되고 *不定*의 허파가 되는 불편한 진실들, 휘둥그레 쇼윈도로 끌려나온다. 의사가 척추를 교정할 때 진실은 *不貞*의 척추가 되고 당신이 내 안경을 부드럽게 닦아줄 때 당신의 사랑은 *不淨*의 눈동자가 되는 불편한 진실들, 그것들이 선생을 낳고 체벌을 낳고 우열을 낳았는가 시인은 금기를 즐기는 하나의 증상, 그러므로 오늘의 나는 증오도 분노도 깔끔하게 단문으로 짧게 운문으로 생산하고 프로가 너무 많은 세기, 신화가 없는 치열한 신화*身火*들. 누군가가 배가 고파 사랑을 훔칠 때 어느 가까운 나라의 승려는 자유와 독립을 위해 분신을 하는가 찢어진 스커트 같은 나의 질병과 다정함을 잃어버린 당신들의 변종은 오늘도 수많은 병원에 입원하고 있는가 그러므로 불편한 진실은 금기를 낳고 금기는 *否定*의 철학을 세우는가

즐거운 왼발

짝 있는 것들은 언제나 한쪽을 잃거나 앓는다. 척각은 아프다. 척추가 휘도록 바람이 불고 쇄골이 깊도록 가슴이 오그라든다. 고드름은 자라고 바람이 고드름을 방문한다. 수많은 죄악과 먼지가 그곳에서 뭉친다. 뭉치는 것들은 속이 비었다. 가을엔 샹들리에를 켜주세요. 텅 빈 속으로 새가 한쪽뿐인 발을 들이민다. 새의 발은 온통 상처 투성이다. 한쪽을 잃고서라도 사랑을 얻는다면 기꺼이 남은 한쪽도 너에게 주리라, 다짐한다. 공기가 다짐을 밀고 뭉친 곳을 움켜쥔다. 빙산과 사막이 엉긴다. 너와 내가 해후한다. 겨울엔 등롱을 밝혀주세요. 눈의 포구를 달려오는 너의 발자국. 절뚝이며 절뚝거리는 척각은 아프다. 아프지 않게 외롭지 않게 두렵지 않게 내 속의 물기를 모두 짜낸다. 수많은 죄악과 먼지가 물의 언어로 흘러내린다. 눈이 젖는다. 내가 젖는다. 눈이 녹는다. 마침내 너는 떠난다. 나는 울지 않고도 너를 적신다.

시간 여행자

너는 나를 벗어나게 하고 나를 새롭게 태어나게 하고 너는 나를 번번이 실패자로 만든다. 너는 나를 비웃고 때리고 면박주고 힐책한다. 그러므로 나는 거울을 본다. 너는 내가 되었다가 네가 되었다가 우리가 되었다가 장바닥에 뒹굴다가 뒷골목 썩은 쥐의 시체가 된다. 그러므로 나는 거울을 깨뜨린다. 너는 너를 내게 선물했다가 키스와 저주를 퍼붓고 떠났다가 다시 돌아와 내 귓불을 간지럽힌다. 그러므로 나는 맹세를 다시 뒤적거린다. 너는 내가 나를 알아보지 못하게 하고 네가 너를 알아보지 못하게 하고 서로가 서로를 튕겨내게 한다. 그러므로 우린 타인처럼 스쳐간다. 너는 완전한 사람을 가장하고 불구를 가장하고 귀머거리를 눈멀게 한다. 그러므로 나는 달을 삼킨다. 너는 매일 벗어던져도 어느새 새롭게 태어나고 아침엔 하얗게 밤엔 검게, 어떤 날 아침엔 노랗게 밤엔 붉게 변한다. 그러므로 나는 미래 따위는 잊기로 한다. 너는 나를 조종하고 운전하고 골탕 먹이고 다리에서 난간에서 밤길에서 순간순간 우연히 마주친다. 그러므로 나는 꽃마저 버리기로 한다.

성배

나는 이름을 가진 적 없다. 아무도 없는 방에서도, 소란스러운 거리에서도, 내 이름이 내 이름을 부른 적 없다. 수천 개의 계명이 성스러운 통로를 가리켰다. 매일 누군가 내 뒤에서 내 이름을 부를 때마다 나는 발설되었던가 나는 이름을 가진 적 없으므로, 내 이름이 내 이름을 부른 적 없으므로, 단 하나의 계명만을 기억했다. 어쨌든 살자! 작명소의 이름들은 피를 담은 잔처럼 낯설었다. 어떤 이름이 나를 증명할 것인가 고정되어 있지 않고 끊임없이 흘러가는 유연한 이름, 나선처럼 휘어서 어디서든지 부드럽게 만져지는 이름, 그리고 단 하나의 계명을 새 이름에 새길 것이다. 이름이 이름을 부르고 이름이 이름을 끌어가고 이름이 이름을 때리고 이름이 이름을 심문하고 이름이 이름을 불사르도록. 어떤 이름이 나를 단단하게 존재케 할 것인가 누군가 내 이름을 부를 때마다 나는 나를 발견했으므로, 나는 내 이름을 가진 적 없고 부른 적 없었으므로, 나는 새로운 이름을 얻었다. 그리하여 허물어진 담벼락에 단 하나의 계명을 구부러진 손가락으로 쓴다. 어쨌든 죽지 말고 살자!

리허설

미워하기 위해서 산다. 미워하기 위해서 밥을 먹고 미워하기 위해서 변기에 죄다 버린다. 미워하기 싫어서 살기 싫다. 미워하기 싫어서 밥 먹기 싫고 미워하기 싫어서 화장실에서 오래도록 명상을 한다. 깨어나기 위해서 잠을 잔다. 깨어나기 위해서 책을 읽고 깨어나기 위해서 끄적거린다. 깨어나기 위해서 밤을 지새운다. 깨어나기 싫어서 꿈을 꾼다. 깨어나기 싫어서 화장을 하고 깨어나기 싫어서 노래를 부른다. 인내를 배우기 위해서 침묵한다. 인내를 배우기 위해서 너의 입술을 쪽쪽 빨고 인내를 배우기 위해서 연애편지를 쓴다. 인내를 배우기 위해서 이별을 한다. 침묵하기 위해서 눈을 감는다. 침묵하기 위해서 너의 뒤를 쫓아가고 침묵하기 위해서 욕을 한다. 침묵하기 위해서 침을 뱉는다. 죽지 못해서 눈을 뜬다. 죽지 못해서 일그러진 얼굴을 뒤로 숨기고 죽지 못해서 태양을 등지고 마음을 호주머니 깊숙이 집어넣는다. 죽지 못해서 산다는 말이 죽기보다 싫어서 죽지 못해서 살기 싫다고 매일매일 죽지 못해 사는 나에게 죽지 못해 살아야 하는 이유를 다그치고 다그친다.

제2부 이바라기엔 잉어가 없다

이바라기엔 잉어가 없다

내 여행은 늘 전복을 전복한다.
잉어는 비린내가 나서 싫지만
나는 잉여의 삶을 살고 싶었다.

가둔 물고기가 싫어
싱싱한 날것을 먹으러 이바라기에 간다.
상큼한 바다를 보러 이바라기에 간다.

이바라기, 이바라기 불러보면
잊었던 바리데기가, 해바라기가
구름 위를 뛰어오고, 그러나

나는 이바라기에 도착하지 못한다.

내 여행은 늘 순수를 역진화한다.
방구들을 두드리다 얼음 깨지는 소리를 듣고
몸이 시간을 엎지르는 게으름을
사랑하기로 자주 마음먹는다.

꿈을 밀고 방문하는 이명과

한 번도 보듬지 못한 굳은살과
냉장고 안에서 싹을 틔운 감자는
이봐, 樂이 생을 밀고 가잖아.

잉여는 꿈도 꾸지 못하므로
가끔 즐거움이 필요하므로, 이바라기에 간다.
아픈 사랑니와 삔 손가락과 이불장 속
구름의 환상을 버리러 이바라기에 간다.

누군가 비행기 표를 선물하고
누군가 무릎 담요를 덮어주었으므로
어깨를 기대고 싶었다.
손을 잡고 싶었다. 그러나

나는 이바라기에 도착하지 못한다.

나누던 인사를 차갑게 접으며
흰 꽃 같은 웃음을 지우며
이바라기 바닷가 대신
집 앞 강가를 거닌다.

물결의 행과 행 사이엔 빙어가 살고
빙어와 잉어는 시어詩語와 같은 종류의 물고기가 아닐까
이바라기에 없는 잉어는 이곳에 없고
이곳에 있는 빙어는 이바리기에도 있지 않을까

내 여행은 늘 지금을 지각한다.
잉여는 꿈 냄새가 나서 이젠 싫지만
나는 잉부의 삶을 살고 싶었다.

갇힌 언어가 싫어
팔팔 뛰는 시어를 잡으러 이바라기에 간다.
붉은 핏물 뚝뚝 흘리는 시집을 낚으러 이바라기에 간다.

이바라기, 이바라기 불러보면
가난한 내 친구 요꼬의 동생, 준꼬가 뛰어오고
준꼬의 연인, 이즈미가 물결 위로
텅 빈 사랑을 밀며 온다. 그러나

이바라기행 비행기는 연착 중이다.

고백의 여백

먼 별빛이 초롱초롱 뜨고,

다정한 눈빛을 지나
거리를 지나
유리창을 지나

슬프지 않고도 아플 날이 다가오고 있다고,

길이와 높이 사이
침묵과 침목 사이
자전거와 바퀴 사이

고개를 숙이다
고개가 땅에게 고백하다
하늘을 쳐다보다

돌고 돌아도 닿을 수 없는 먹먹한 하루라고,

소리와 귓바퀴 사이
냄새와 콧구멍 사이

이정표와 신호등 사이

말할 수 없는 것들에게
알아들을 수 없는 것들에게
힘겹게 힘주어

되짚을 수 없는 체온을 달빛과 별빛이라고,

자정과 정오 사이
천둥과 음악 사이
하모니카와 오르골 사이

체온을 뚫고
공기를 뚫고
나뭇잎을 뚫고

뜨겁지도 않고 차갑지도 않고 미지근하지도 않다고,

나무와 전봇대 사이
달빛과 별빛 사이

처녀자리와 물고기자리 사이

커다란 구멍을 뚫으며
알 수 없는 감정을 훔치며
닿을 수 없는 간극을 시기하며

여백과 여백 사이 알 수 없는 메아리가,

이 모든 삶이 우리들의 서른 번째 아홉수라고,

먼 별빛이 깜빡깜빡 기울고 있을 때

詩, 口, 門

젖은 잠을 드라이로 말리다 당신의 소식을 들었다.
악몽이 발꿈치를 들고 다가오다 달아났다.

갑자기 시가 태어났을 때
내 생은 하나의 별전別傳이 되지.
나를 구워낸 당신은 나를 내팽개치고
젖은 구두를 벗어 던지라고 말하지.
새처럼 날아가면 구름이 될 거라고
귓속말로 음탕하게 속삭이지.
산 너머 아름다운 동네가 있나요?
그곳은 아버지가 떠난 길,
할머니가 앞니 빠진 웃음으로 사라진 길.
물고기와 생쥐는 딱 한 번 만났을 뿐인데
코끼리와 오렌지는 딱 두 번 헤어졌을 뿐인데
호랑이와 사자는 한 몸에 두 개의 머리를 나눠 가졌을 뿐인데
넌 어떤 종류의 시를 네 삶과 바꿔 먹고 싶은 거니?

갑자기 입들이 다가왔을 때
내 얼굴은 내 입을 잊고 살고

내 손은 내 발을 잊고 살고
내 눈은 내 심장을 잊고 살지.
잊었다 다시 기억하고
다시 기억하다 백지가 되는 갑자기의 나날들.
입 속에 편안히 누워봐.
설탕처럼 뿌려지는 권태와
달콤한 허무가 도전적인 마사지를 해줄 거야.
난 구천구백구십구 개의 꿈의 주름을 잡으며
산과 바다와 강을 동시에 월경해.

여러 개의 문이 보이지 않니?

입들이 갑자기 입을 열었을 때
진공과 전공이 춤추고
기표와 기의가 환희하고
텍스트와 텍스트가 서로 목을 조르지.
쓸모없음의 쓸모 있음을 들춰볼까
열 시의 당신이 열두 시의 내게 전화를 하고
쓸모 있음의 쓸모없음을 말해줄까
한 시의 그대가 두 시의 3인칭에게 화를 내지.

휘파람을 와플처럼 굽는 당신,
반짝이는 별의 음악을 날리며 내게로 오세요.
판타스틱 오리, 대머리 원숭이들과의 흥건한 스토리텔링.
우리들이 아는 우리들은 원숭이를 닮았대요.
사상도 원숭이, 노는 짓도 원숭이, 우는 것도 원숭이,
그 입 좀 다물 수 없어요? 별과 달이
사적이고 비윤리적인 우리를 영원히 추방할지 몰라요.

우리, 입을 깨끗이 헹구고 빨랫줄에 널어 말릴까?

갑자기가 갑자기 죽었을 때
나는 1초도 불행할 수 없는데
점점 느리게 퇴행하고 싶은데
내 시에서 소독약 냄새가 났으면 싶은데
시구문은 당신의 입에도 있고,
내 입에도 있고, 더러운 시궁창에도
있고, 있고, 손톱 발톱 밑에도 있고,
진드기 속에도 있고, 영원 속에도 있고,
영원한 문, 항문 속에도 있고,
갑자기 하늘에선

찬란한 붉은 망토가
펜 같은 창살이
흥분한 한 마리 소가

제발 이 문 좀 열어줘.

난 투우하러 저 세계로 뛰어들어야 해. 그리고 직시해야 해
1초에 몇 사람이 죽어 나가고 몇 사람이 살아남는지
내가 어떠한 펜의 형식에 찔려 쓰러지는지
이 삶이 나랑 무슨 상관이 있는지

Ω와 비바크의 날들

여덟 번째 달이 사라지고 눈이 내린다. 안간힘이 사라지고 통증이 깨어난다. 소년이 눈을 뜨고 하늘을 본다. 소녀가 손을 펴서 눈을 받는다. 천둥이 울 때마다 소년이 소녀의 언 뺨을 어루만진다. *너의 뺨에 앉은 눈송이는 너를 모르지. 우리 앞뒤에서 휘둥그레 눈을 뜨고 최후로 사라지는 눈송이는 다정도 하지. 우린 서로를 알 필요 없으므로 어제는 오늘을 기억하므로* 이 계절은 일곱 번째 겨울이라 이름 붙이고 내리는 눈의 기호는 참았던 마음이 꽁꽁 얼어붙은 최후의 눈물이라고 소녀는 소년의 귀에 대고 울컥거리지. 이름 모를 새가 검은 날개를 펼치며 날아가고 시커먼 구름이 죽은 물고기의 등뼈를 펼쳐보이고 *차가운 눈동자들이 겨드랑이를 파고들어. 그곳에 세 들어 사는 그리움들은 눈이 열 개, 손가락은 둘뿐이야. 고양이의 털은 너의 눈빛을 닮았어. 오늘은 고양이들의 잠자리를 알아봐야지. 눈송이가 눈동자에 아프게 박힐 때마다 11월에 태어나 12월에 죽은 사람이 문밖에서 서성거릴지 몰라.* 오늘은 어제가 지독히 꿈꿨던 시간들이라고 죽은 사람과 죽어간 사람과 이미 잊혀진 사람들이 귓가에 퍼붓는 아우성, 그 아우성처럼 눈이 내리고 석탄처럼 까만 밤과 비행기처럼 푸른 낮과 잠들 수 없는 비박의 날들이 매일 쏟아붓는 다짐들, 그 다짐들처럼 눈이 쌓인다. *11월에 태어나 12월에 죽지 말자. 겨드랑이의 그리움을 증오하지 말자. 손바닥과 발바닥에서 불타는 날개를 다시 펼치자. 어제와 오늘은 우리에게 내려진 동아줄, 그것이 우리를 살게 하고 우리를 우울하게 하고 우리를 지독하게 만들지.* 여덟 번째 달이 사라지고 눈이 내린다. 소년이 소녀의 언 뺨을 어루만진다. 눈이 열 개, 손가락은 둘뿐 소녀와 소년은 퍼붓는 눈을 열 번째 바라보고 눈을 감는다. 두 개의 손가락은 서로의 등을 쓰다듬다 힘없이 떨구어진다. 몇 점 눈송이가 마지막 체온 위로 내려앉는다. *2월이 오면 아홉 번째 달이 뜰까 누추하게 겸손하게 잠 들 날이 가까워지고 있어.*

부드러운 서사

그때 내 손은 흙을 덮고 있었다.
그녀는 나를 쓰다듬던 손을
마지막으로 거두어들였을까

나는 전화를 받고 있었고

그만큼의 거리 때문에
부드러운 현실이 되지 못했다.
딱딱한 의심을 안고도 달려가지 못했다.

그때 내 손은 공기를 덮고 있었다.
그녀는 나를 쓰다듬던 손을
마지막으로 숨 쉬었을까

나는 호흡을 멈추지 않았고

그녀가 죽었다는 소식을 믿지 못하면서
그녀와 나의 혈족만큼의 흔적 때문에
부드럽게 그녀의 죽음을 맞을 수 없었다.

어쩌면 잠든 그녀를 깨울 수 있다고 생각하면서
다시 계집애로 태어날 그녀를 고대하면서
담 모퉁이 한구석에서 불타오를
그녀의 작은 신발을 내내 아쉬워하면서

설명할 수 없을 만큼 질긴 핏줄과
그 핏줄 아래 거미줄처럼 엉킨
그녀의 근대사를 더듬거렸다.

조상들 묘지 위 덥수룩한 풀과
몇 번의 생을 되씹으며 그 위를 달리는 들쥐들과
들쥐들을 잡아먹기 위해 불침번을 서는 고양이들과

고양이들이 밤새 지키는 낡은 지붕들과
동정 없는 뾰족한 피뢰침들과
자살한 이웃집 남자의
웃자란 거웃 같은 정원을 바라보았다.

나는 전화를 받고 있었고
어디선가 앰뷸런스는

침묵의 상점을 지나 과거형을 지나
모순의 근대사를 달려가고 있었다.

그때 나는 흙을 다 덮고 손을 탁탁 털고 있었고
살기 위해
덮다 만 공기를 입속으로 연신 들이마시고 있었고
꼬인 전화 줄을 되감고 있었다.

아무도 죽지 않는 부드러운 시간을 말랑말랑 감고 있었다.

우리들의 아우라

한쪽 눈이 먼 사람과 두 눈이 다 먼 사람이 나누는 인사는 그늘이 깊다. 그 그늘 속으로 걸어 들어가면 노란 장화 신은 어린 여자 아이가 보이고 쪽진 젊은 어머니가 보이고 흰머리 성성한 할머니가 앉아 있다. 그곳에서 내 안의 어머니와 마주친다. 어머니는 내게 한쪽 눈을 주었지만 내 두 눈은 먼 지 오래이고 어머니 눈두덩에선 백광이 눈부시다. 그 빛의 끝에 누군가 있다. 그다.

그가 던진 미열은 또 다른 태반이었다.

그의 목소리는 지상과 지하를 맴돈다. 허방 속에서 이름 없는 정령들이 박피를 벗고 날아오른다. 반복과 후렴구가 장미 정원을 달려 나간다. 이십일 세기의 끝자락이 가볍게 떠오른다. 어디선가 땅이 흔들리고 누군가 바다처럼 젖는다. 모든 죽음과 탄생은 그의 음성에서 비롯된 것. 태초부터 있었던 한 소리를 되살리기 위해 매일 헛된 소리를 질러대는 우리들. 그의 목소리가 온 우주를 깨울 때 아침은 품을 열고 밤은 무릎을 접는다. 오늘은 이천 년의 시간을 연주하는 그의 어제들.

그의 말은 해빙의 여숙旅宿이었다.

그의 시에서는 피 냄새가 난다. 피 냄새에 종이가 젖고 욕조가 젖고 대지가 젖는다. 그때마다 천 리를 더듬는 마지막 희망이 찢어지고 광장의 탑이 허물어진다. 그의 이름은 바람과 모래와 구름의 기후를 기웃거리는 외곽. 그의 시는 써지는 순간 사라지는 나비의 키스, 먼지의 중음. 그의 침묵이 피를 돌게 하고 그의 착란이 시의 산란을 퍼뜨린다. 그의 시는 우리 몸속을 최후까지 흘러 다닐 영靈의 혈루血淚. 반드시 살아내야 할 십일월의 장미이다.

성聖가족

진흙 벽돌로 구운 집, 진흙 빵이 완성되면 사막을 달려 모래바람을 달려 호숫가 움막으로 시장기는 밀려오죠. 아버지는 오래된 옹기처럼 주름이 성성하고 어머니와 이모는 언니처럼 젊고 아름답죠. 이정표가 없는 이 동네에서 길을 묻는 자는 어리석은 자, 집 앞을 나서면 그곳이 길이고 그곳이 내가 가야 할 이정표지요. 우리의 식탁은 진흙으로 구워 광을 낸 차가운 방바닥, 맨발로 맞는 만찬은 그지없이 성스럽죠. 엄마와 이모는 허리를 구부려 불을 피우고 물을 끓이고 동생과 나는 텅 빈 아랫도리를 벌리고 앉아 한 끼의 접시를 받아들지요. 옥수수와 거친 빵이 전부인 성찬, 오랜만에 주어진 행복이지요. 조그만 창으로 밀려들어오는 햇살이 우리 가족을 한 장의 스냅사진으로 채록할 때 아버지는 어제 사냥하다 놓친 짐승의 울음소리를 흉내 내지요. 우리의 식탁은 맨발로 맞는 성스러운 전례, 이 전례를 마치면 우리는 살기 위해 또 다시 사막을 홀로 걸어가야 하지요. 엄마와 이모는 무거운 항아리를 이고 아버지는 운수 좋은 날을 잡으러 사냥을 떠나지요. 나는 동생과 함께 진흙 쿠키를 씹으며 그믐달에 걸리는 내일의 나무와 내일의 그네, 내일의 빵과 내일의 눈물을 목마르게 흔들지요.

미지의 장르

미지는 당신이 내뱉는 이미지의 그린 향, 아침과 저녁의 장르는 황홀 속을 거스르며 걷는 환속의 길입니다. 농담 속에 어리는 진실의 농담濃淡이 정점을 이룰 때 우리의 미지는 수많은 맹세를 돌돌 말아 나선의 혈족을 가리킵니다. 살별의 떨림 속으로 가면 미지가 녹스는 소리 들을 수 있을까요

백야의 발자국이 정원마다 흰 목마를 띄우고 타락한 별들은 당신의 머리를 감겨줍니다. 밀입국한 행간마다 눈나무가 둥지를 틉니다. 어깨를 기울이며 등을 구부리며 불투명한 내 미지의 질량이 침묵과 마주합니다. 고해소의 불빛은 어스름에 잠기고 내 고해의 음절이 생멸하는 순간 나는 미지의 흙이 될 것임을 고백합니다.

마음의 뼈들과 뼈들이 부딪치며 무너져 내리는 미지의 저녁입니다. 파이프오르간에서 휘날리는 음표는 미지의 당신과 내 심장에 새로운 후예를 탁란합니다. 우리, 입술과 입술을 맞댈까요 당신이 버린 이미지가 내가 그리워하는 이미지에 덧칠됩니다. 온종일 덧칠되는 절기에 나는 미지의 당신을 반성합니다.

그리운 해후는 언젠가 발견한 미지의 흑점, 반달 같은 당신의 성대가 그립습니다. 설국이 국수의 면발로 날리는 이 미지의 겨울, 어디에 서면 꽃들의 배경이 될 수 있을까요 미지의 햇볕은 사트나의 유리그릇을 깨뜨리다 저기로 달려옵니다. 온몸의 촉각을 에피타이저로 장식하는 손길이 수천 겹의 설질雪質에서 풀려나옵니다.

미지는 생의 북회귀선을 벗어나 따뜻한 담요의 나라, 유목의 나라를 회귀하고 있으므로, 탈각한 미지의 뼈들이 이 계절에 닿을 즈음 미지는 당신이 내뱉는 이미지의 오렌지 향, 오래도록 무릎으로 기어가도 닿을 수 없는 북방한계선이 그어진 나라입니다.

문채文彩들

발바닥이 부르트는 밤이야. 천창天窓엔 짐승의 뼈를 닮은 별들이 반짝이는데 발바닥과 손바닥은 침낭 속에 버려져 있지. 잊혀진 유리창에 남겨놓은 내 입김은 어느 능선의 바람에 볼을 부비고 있나 식물 같은 달 속엔 아기들의 발자국이 아장아장 찍히고 이곳의 낮은 차갑고 밤은 뜨겁기만 해.

달이 질 때까지 잠들지 말아야지.

내가 키우던 고양이의 눈빛처럼 내 문장들은 핏줄 속을 흐르고 있을 테지. 사라진 제 꼬리를 찾아 서툰 몸짓으로 별빛을 채고 있을 테지. 가까운 곳에선 이방인들이 차가운 제祭를 올리는데 지금은 종이도 펜도 없는 밤이야. 이빨에 낀 모래의 치어들이 새끼를 까고 울음을 낳고 또 낳아 사구를 오르기 시작해. 저 사구 뒤에 사는 그리움은 발바닥이 부르트게 달려가도 가까이 품을 수 없는 언어, 이 생에서 내가 지을 수 없는 문文의 체위 몇 채.

별이 질 때까지 눈 감지 말아야지.

종이를 닮은 사람은 슬픔의 무게를 찬양하지 못하지. 내 손가락과 발가락은 무엇을 위해 무엇을 쫓고 있나 점점 가벼워져가는 책들이 가리키는 방향은 어느 쪽으로 기울고 있나 바람이 저지대를 포복할 때마다 우린 지하로만 달리는 기차 소리 따라 잠을 빵처럼 부풀리기도 했던가 천창마다 내가 못다 읽은 생의 페이지가 펼쳐지고 그대의 눈은 초록의 샘을 퍼 올리는,

저녁을 지나 아침으로 달리는 사슴의 목초지.

그 경계를 넘나드는 내 문장은 뜨겁게 타오르다 쉽게 꺼지는 불꽃의 음지. 아기들의 발자국이 지워지기 전 이방인들의 제가 끝나기 전 이 생 위에 지은 문의 체위 몇 채 끌고 부푸는 잠 속을 서둘러 빠져나가야 해. 오랫동안 키우던 식물의 뿌리처럼 내 문장들을 그리움의 뱃속에 이식해야 하므로, 내 자궁 속 달이 잃어버린 제 심연을 찾아 여린 눈빛으로 어둠을 해독하고 있을 것이므로,

태양이 뜰 때까지 눈 뜨지 말아야지.

펜 속의 심장

펜을 들어 시를 쓰는 자, 그의 손가락 사이로 뛰는 심장을 부둥켜안고 펜이 달린다. 골방을 지나 이끼 낀 문턱을 넘어 거미줄 엉킨 현관문을 삐걱 연다. 누군가의 뇌 속에 꿈을 이식하기 위해 펜은 검은 물의 흑해黑海로 흐르고 있는 것. 그것이 지나는 자리마다 풀씨가 번지고 풀꽃이 피고 풀비가 내리는 건 펜의 심장이 들려주는 소란한 음절이 또 다른 생명을 빚는 일, 촛불이 흔들리는 내 골방 속에 불의 혀를 수없이 산란하는 일. 현관문이 열리자 시멘트 블록을 삐뚤빼뚤 걸으며 알 수 없는 언어의 홀씨를 뿌리고 그 홀씨들 날아가 이 산 저 산 깊은 산속까지 붉은 꽃 흐드러질 때 검은 물 속의 돌이 자라고 있는 달, 혀 속의 굳은 말들, 저무는 해가 떨어뜨리는 시간의 부스러기들, 산발한 노파의 머리카락, 자라다 만 쥐의 앞니, 누렇게 변색한 영원히 빠지지 않을 사랑니, 그 사랑을 짓밟으며 피어오르는 질경이들, 검게 웃으며 달려드는 죽은 새의 영혼들 보인다. 펜을 들어 시를 쓰는 자, 아직 펜이 흘리는 흑해를 건넌 적 없지만 점점 더 펜이 되어가는 자, 그래서 더욱 빼빼 말라가는 자. 그의 손가락은 마디가 굵어지고 그의 생도 점점 기형이 되어가는데 펜의 심장은 해와 달을 넘으며 불끈불끈 뛰고 달 속의 돌은 달을 모두 점령하고 굳은 말들은 혀를 삼키고 시간의 부스러기들은 해를 쓰러뜨리고 영원히 빠지지 않을 사랑니는 매일 아프게 흔들리고 짓밟혀도 짓밟혀도 사랑은 질경이 꽃으로 피어오르고 새들의 영혼은 펜을 든 자의 영혼을 매일 조금씩 갉아먹으며 자라고

죽음의 무도

통통통 스프링을 튕기며 봄이 오고 있다. 내 꼬리가 닿는 곳마다 안개와 먼지가 교차한다. 어둠이 내리면 나는 야옹야옹 가로등 밑을 서성거린다. 나는 왜 소금 같은 존재가 될 수 없을까 꽃은 내 몸 어디에도 피어오르지 않지만 나는 견딤을 훈련한다.

담벼락이 점점 높아지는 나날들

성큼성큼 다가서는 빗방울의 역류, 가르릉가르릉 목젖이 떨고 까칠한 혀로 젖은 털을 말린다. 강변마다 파라솔이 펼쳐지면 나는 파 음계로 구애를 한다. 나는 멀리 있는 연인을 냄새만으로도 껴안을 수 있다. 인간이 먹다 버린 닭뼈는 가르릉가르릉 이토록 나를 흥분시키는가 저 높은 담장도 장미의 가시로 열정의 악보가 된다. 꽃의 경계는 힘겨운 생의 빙벽이다.

나의 연인들이 점점 멀어지는 나날들

눈이 해골처럼 내린다. 쓸쓸한 거리에서 동사한 친구의 눈을 감겨줄 때면 열락이 코앞에 다가선다. 고요는 내 등을 할퀴고 가는 악마의 춤. 거리마다 해골들이 헛묘를 가리키고 어디선가 들려오는 자장가 소리에 잊혀진 엄마의 젖가슴을 주물럭거린다. 왜 어머니는 내게 음침한 경전을 읽도록 했을까

바람의 춤이 점점 현기증을 몰고 오는 나날들

나무들이 핏물을 흘린다. 내 눈동자 속으로 흘러들어 창상을 둘러싼다. 일생에 단 한 번만이라도 날 수 있다면 모든 것을 버릴 수도 있었다. 거센 바람이 불고 가볍게 스텝을 밟는다. 그래, 난 날 수 있다. 몸을 한껏 웅크렸다 허공으로 날아오른다. 그것은 영원한 추락, 그러나 나는 견딜 것이다. 자, 보아라. 죽어서도 살아 있는 자의 춤이 시작되었다.

어디선가 음부陰符는 운다.

To heaven

장미의 나날마다 태풍이 온다. 눈사람이 타오르는 불꽃으로 키스를 퍼붓고 빈핍한 나는 시맹詩盲과 별에게 대화를 건넨다. 돌가루가 배회하는 도시에서 황금과 매혹을 기웃거릴 때 나는 벙어리 애인처럼 바둑돌처럼 공장 구석에서 차가운 꽃이 되어가지.

구름이 입술에 잉크를 묻혀 바람의 말을 쓴다. 나뭇잎, 꽃밭, 들판, 쌍둥이자리, 지구는 누가 붙여준 이름들일까 누이는 채석강가에서 까마귀 울음으로 날아다니고 우물 같은 손바닥엔 언어에 관한 실족 보고서가 새겨진다. 나비야 나비야 그림자 질긴 골목에서 고양이들이 알레고리와 연애를 한다.

겨울밤은 가긍스럽고 느낌표도 없는 침묵을 건축하지. 쇠잔한 여름은 타인처럼 저녁마다 유감이다. 달이 뜨는 정원에서 낭만에 대한 부당한 시각에 대하여 별이 뜨고 해가 진다고 수첩에 적는다. 그리고 기꺼이 바닥이 되기 위하여 버들치와 사랑을 나누고 오래뜰 적막 속에 숨었다가 죽은 할머니 품속으로, 비몽 속으로 스미기도 하지.

곡哭을 하는 바람이 빙점의 인사를 던진다. 작고 하찮은 나의 언어들이여, 나쁜 친절도 고가도로도 자동차들도 모두 그리운 지하에게 띄워 보내라. 공장들은 쉬지도 늙지도 죽지도 않지만 나의 판도라는 모든 구토와 오마주의 궤적을 좇는다.

레일의 밤

레일의 밤이에요. 손을 잡아요. 그리고 나를 보아요. 나는 어둠을 빚으며 이 길을 걸어왔어요. 츄파춥스를 빠는 당신, 헤드폰을 낀 당신, 까미유 끄로델을 사랑하는 당신, 나는 밤마다 당신을 조각하며 늙어왔죠. 긴장으로 채색한 나의 밤은 간장 빛을 닮아갔죠. 소년과 소녀들은 절뚝거리며 아름다운 시절을 벗어났죠. 레일의 밤을 달려요. 손을 잡아요. 그리고 나를 보아요. 내 입술에서 새어 나오는 문장들은 난간에서 익힌 홍시들, 밖으로 나오는 순간 뭉그러져 형체를 잃어버리죠. 그러므로 나의 고백은 매순간 헛되고 헛되죠. 그리고 레일의 밤은 달리죠.

레일의 밤이에요. 손을 뿌리쳐요. 그리고 나를 등져요. 내 눈동자 속에 음각된 당신의 모습은 사선의 노래로 빗소리를 따라 흘러가요. 내가 걸어온 어둠은 후회를 반복하는 짐승의 사육사, 그림자로 침묵을 빚고 흔들림으로 고장 난 입술의 갈피를 이동하지요. 레일의 밤을 달려요. 손을 뿌리쳐요. 그리고 나를 등져요. 침을 퉤퉤 뱉는 당신, 헤드뱅잉을 하는 당신, 카프카를 증오하는 당신, 나는 이제 밤마다 당신의 조각을 깨부수며 늙어가겠죠. 그러므로 나의 고백은 매순간 헛되고 헛되겠죠. 그리고 레일의 밤은 힘차게 달리겠죠. 입술에서 사라지지 않는 문장들은 무화과가 익을 즈음에나 당신에게로 건너갈까요?

1초가 2초를 부르듯이

일 년 뒤 혹은 백 년 뒤에나

태백

태백으로 가는 기차를 타고 블랙은 어디 있을까 생각하는 동안 태백은 영월 지나 별의 모서리 그 어디쯤 흘러가고 있었다. 월요일에 떠나와 목요일을 건너뛰고 차창 밖으로 내리는 눈은 절반의 갈증과 절반의 휴식을 녹이며 오후는 저녁으로 자주 교체되고 나는 한 자리에서 오래도록 나를 버렸다. 달걀껍질 같은 울퉁불퉁한 그곳에서 나는 매번 다른 얼굴들을 버리고 낯선 설경을 내 속으로 아귀처럼 밀어 넣으면서 그만큼의 거리와 화해를 하고 있었다. 나는 하루 중 절반만 블랙을 생각하고 나머지 절반의 힘으로 블랙을 찾았다. 겨울이 봄을 불러내어 현기증을 피워 올릴 때 그동안 걸어왔던 발자국들을 세어 보면서 불행했던 광장들과 귀신이 되지 못한 친구들을 떠나보냈다. 철길 위로 내 눈동자가 데굴데굴 구르고 고독한 욕설을 내뱉고 싶어 울컥거리는 화장실 차가운 벽에 이마를 기댔다. 공중으론 하얀 눈의 손금이 퍼지고 간혹 불멸의 폭설이 10촉도 안 되는 내 영혼을 다그쳤다. 그리고 그 밤 블랙이 아니어서 미안했다. 기차는 금요일을 지나, 태백은 영월을 지나, 저 먼 달을 지나, 별의 다섯 각의 모서리 그 어디쯤 흘러가고 있었다. 블랙은 어디 있을까 검은 터널을 벗어난 밤의 성대가 천공을 부르고 있었다.

경계에서

살기 위해 삶을 지속한다. 죽기 위해 삶을 지속한다. 태양이 달을 빛나게 하는 것은 자기의 궤도를 이탈하지 않으므로, 달이 태양을 빛나게 하는 것은 자기의 체온을 빼앗기지 않으므로. 삶이 태양과 물이라면 죽음은 달과 불일까 죽음이 머리와 발이라면 삶은 가슴이고 손일까 흙이 짐승의 노래를 담은 잔처럼 따뜻하게 다가올 때 죽음은 삶의 경계를 서성거리며, 죽기 위해서 삶을 연출하는가 묻는다. 저녁이 이파리의 노래를 머금은 하프처럼 부드럽게 안겨올 때 삶은 죽음의 경계에서 머뭇거리며, 살기 위해서 죽음을 연기하는가 묻는다. 사건과 사고가 순간순간 스쳐 지나가고 죄와 벌이 시베리아 저기압으로 달려들어도 삶과 죽음의 경계는 지속되고 지연되고 연기하고 연출되고 있으므로. 살기 위해서 삶을 지속한다. 죽기 위해서 삶을 지속한다. 서랍에 쌓여가는 수많은 명함 중 오늘은 누구의 이름이 지상의 명부에서 지워지고 있을까 살기 위해 죽음을 연기하고 있다. 죽기 위해 삶을 연출하고 있다. 죽음이 머리라면 내 삶은 달걀 영혼이다. 삶이 태양이라면 내 삶은 달걀 핵이다. 달걀도 굴러가다 서는 모가 있다.

축하해요

오늘은 오직! 오늘이고
내일은 오직! 아직 오지 않은 오늘이라고
한 장 남은 달력이 충분한 설명을 하는 정오

살아 있어서 축하해요.

눈보라는 눈이 보지 않는
사람들에게도 공평하게 뿌려지고
중국발 스모그는 나쁜 예감을
콧구멍 속으로 밀어 넣고

오늘 내가 씹은 건 열 개의 풍선껌

이건 꿈도 아니고 진화도 아니야.
노랑과 빨강, 파랑과 보라는
내 생의 목록에 늘 빠져 있고
발목의 복숭아 뼈가 없다면
나는 걸어 다닐 수 있었을까

깨어 있어서 축하해요.

눈물을 닦지 않고도 눈물이 마르는 건
바람도 눈물을 이해하고 있다는 증거.

어제 내가 뱉은 건 서너 개의 침묵의 뼈

울지 맙시다,
내 어깨를 감싸주던 한 시인의 말처럼

눈물은 밀실이고 굴뚝이고 동굴이고
울음은 권태이고 실패이다.

나약하고, 만만하고, 의지박약하고, 전전긍긍하는 몸부
림들

딱정벌레가 딱딱한 등으로 스치는 것들은
부드러움으로 무장한 쇠망치와 폭언들.

내일 내가 삼켜야 할 건 생의 고비 고비들

살아 있어서 축하해요.

누구도 밀실과 굴뚝과 동굴을 흘리지 말아야 하고
아무도 권태와 실패를 내뱉지 말아야 한다.

오늘의 눈동자엔 눈보라만 찬란!
희디흰 비문非文들만 찰나!

다만 내일도 산 채로 발굴될 나에게
축하해요.

Since

초점은 흐려지고 나는 자꾸 엎질러지고 나를 다스리던 바람은 앞서거니 뒤서거니, 밤의 문장을 모두 꺼 주세요. 충혈된 눈망울이 사방으로 흩어지고 귓속으로 이명은 떠밀려 들어오고 목마름이 수천 개의 거울을 낳고 거울 속에서 내가 자꾸 깨지고, 깨지지 않는 비밀을 낳아 주세요. 나를 부르던 목소리들은 반사되어 튕겨 나가고 밤과 낮 사이로 발걸음이 접혀졌다 찌그러지고 날 선 이 방황을 끝내 주세요. 검거나 흰 깃발이 펄럭이고 녹색이 황색으로 바뀌고 시간은 영원의 필름을 돌리고 열쇠를 뱉었다 자물쇠를 삼키고 내 입에 꼭 맞는 입술을 소리쳐 부르며, 나를 이해하지 말아요. 달무리에게 반지를 끼워주고 들판에 불안과 망각의 상자를 쌓고 노을빛을 머리에 꽂고 풀잎의 수줍은 고백을 입고 홀리는 웃음을 소리 없이 날리고 수줍음이 애증으로 변하지 않게 해주세요. 애초의 세계에 나라는 이름을 싹싹 지우고 두 손을 자르고 두 발을 뭉개고 춤을 추듯 하늘로 떠올라 분홍 파랑 노랑 보라 망세 쳉가 나만 아는 꽃 이름을 새겨 주세요. 가득히 부풀면서 까마득히 멀어지면서 원자로 미립자로 소립자로 지상으로 퍼져가는 아득히 빛나는 것들이 되어

파랑과 파랑 사이

나의 밤은 알약 같은 구름이 떠다니는 혼몽. 어제는 새똥이 앉은 차를 타고 새들의 나라를 찾고 오늘은 그 나라에서 주워온 날카로운 발톱을 가슴에 꽂고 나는 총체적으로 불안을 끌어안고 그대가 내게 보여준 손바닥은 손금이 다 지워진 세계.

나는 불안 없이 살 수가 없고 바람이 불어오는 쪽에서도 구름이 소멸하는 쪽에서도 거울은 사물을 온전히 담지 못하고 난 이 삶을 내 삶이라고 증명할 수가 없고 어쩌면 그대는 태어나면서부터 말더듬이가 아니었는지도 몰라. 불안이 나를 자게 하고

불안이 나를 살게 하므로 내 언어의 처소에는 성벽도 없고 장막도 없고 다만 혼몽의 밤이면 나는 장기에 빨갛고 파란 색을 칠할 뿐, 수천만 개 불안의 얼굴들이 내 삶의 알리바이를 조작하고 별들은 바람 속을 쓸쓸히 떨며 거닐고 불안은 불안을 낳고

나는 실체도 없는 불안과 사랑에 빠지고 밤이 긴 것은 꽃들의 훼멸과 부활을 위한 필연의 결과. 나의 침묵이 끝나는

곳에서 죽은 꽃이 다시 피어나도 나는 불안의 아기를 배고 불안해서 아기를 낳을 수 없고 사풍은 내 속에서 부랑과 유랑을 반복하고 이것이 내 삶의 변증법, 불안의 자기복제.

● 손순미의 시 「미혼모」를 읽고.

데드 마스크

저기 느린 구름의 숨결로 목마른 자들이 온다.
어둠기둥을 몰고 티끌을 헤아리며 내 음악의 영토에 내려앉는다.

그 속에서 흘러나오는 음계는 죽은 짐승들의 뼈 속을 흘러 다니다 들풀의 핏줄 속으로 스며드는
구름의 술잔, 구름의 음객.

내 입김의 무늬가 구름에 가닿을 때 내 피는 은하의 강을 흐르지.
어둠을 향해 달려가는 내 몸의 감각은 시간을 자꾸 배신하고 통점마다 돋아나는
음역陰易이 다른 음악들, 구름과 별은 같은 빛깔의 침묵을 물고 있을까

저기 여린 구름의 입술로 목 쉰 자들이 온다.
숲의 침묵 위에 이파리의 설음舌音을 싣고 가랑가랑 내 해안의 가장자리에 내려 쌓인다.

해안을 떠도는 노래는 별의 조롱 속에 갇혀 울다 물고기

의 아가미 속으로 잦아드는
구름의 램프, 구름의 술객.

사소한 기억들이 쌓이고 쌓여 내 눈을 감기고 귀를 닫아
버리고 내 몸에 빗장을 걸 때
누군가 어두운 다락방에서 별점을 치지.

그림자 동화극을 보여줄까
몸이 조각조각 잘리는 마술을 보여줄까

나는 다락방을 사랑하지 않지.
타오르는 양초 불빛이 닿는 길을 예비하지도 못하지. 그
러나
구름 낀 별빛은 내게 속삭이지.

신파와 산파는 한 몸일까
성애와 성에는 두 몸일까

나는 하얀 밤의 가면을 쓰고
이별과 이 별星 사이에서 살아내야만 할 날들과 숨바꼭

질을 할 테지만
  양초의 눈물이 붉고 따뜻한 알들을 낳는 설화와
  빈 몸인 채로 완벽한 죄를 쌓아가는 우리들의 신화는
  구름과 가장 먼 경계에서 꿈을 구겨버릴 테지만

  구름의 무늬는 왜 저토록 무겁고 불길한 것일까

  발자국 소리도 없는 구름의 자리엔 나귀 한 마리 누워 천천히 숨을 몰아쉬고
  나는 그것을 내 음역에 가둔다. 밤이면
  구름은 들풀과 물고기의 성대로 내가 묻힐 초라한 어느 해변의 묘지를 노래 부른다.

  '그대가 전생을 바쳐 채집하는 것들은 구름의 이름으로 덧없고 가벼운 것들뿐'

  허공의 이마에 데드 마스크를 찍는다.

내 이름은 낙타

태양이 흑점을 버리자 손에 털이 돋기 시작했네. 달이 온기를 잃고 눈썹이 무성히 자랄 때 그대의 손은 내 심장을 훑고 있었던가 핏줄 속을 돌아다니던 차갑지도 뜨겁지도 않은 노래들이 몸 밖으로 풀썩 엎질러졌던가 내가 바라보던 지평선과 그대가 걸어 나오던 수평선이 불편한 누선을 달려 나갔네. 자꾸 자라나는 털이 수치스러워, 점점 길어지는 팔다리가 혐오스러워, 그대의 손을 잡을 수 없었지. 낙조인지 환멸인지 모를 붉은 그림자만 덮쳐왔네. 모래구름이 빌려오고 그대의 희고 검은 옷자락이 섬광처럼 펄럭였네. 머리칼 속에서 어머니의 자장가가 울려 퍼지고 노래가 되지 못한 자장가 몇 자락 심장 속으로 흘러들어 침묵을 단련시켰네. 그것은 그리움이 되고 혹이 되어 돌멩이로 자라났네. 몇 번의 동안거와 하안거가 슬그머니 지나갔네. 어느 새벽 긴 잠에서 깨어나자 기나긴 낮과 밤을 건너온 돌멩이 두 개 내 등에 박혀 있었네. 느리게 눈을 뜨고 바라보는 세상은 끝없는 지평선과 뜨거운 열사의 나라. 난 초원을 잃었고 강을 잃었고 따스한 잠을 잃었지만, 내 이름은 낙타. 눈동자에 박힌 태양의 흑점이 내게 새로운 이름을 지어주었지. 내 눈 속에서 떠오르는 태양, 그리고 내 이름은 낙타. 누선을 울리던 노래들을 아름다운 혹 속에 간직할 수 있겠지. 내가 바라보던 지평선과 그대가 걸어 나오던 수평선이 뜨겁게 맞닿을 수 있겠지. 나 비로소 그대의 손을 잡을 수 있겠지. 그대가 내 혹 위에 평안히 몸을 쉬일 때 나 마지막 숨을 내쉬겠지. 낙타의 이름으로

센텐스

너의 센텐스는 입구가 많다. 확신도 없는 꿈에는 출구도 없다. 구불구불 사행천을 이루는 너의 문장 속에서 나는 내 신념에 다다를 수 있을까 쏟아지는 알약의 빛줄기는 어색한 내 문체 속에서 문제를 진단한다. 하얀 약가루가 쏟아지듯 너의 문장은 스크린의 나라. 저 창문은 비밀로 가득하다. 저 창문 안엔 어떤 바람이 묵고 있을까 너의 센텐스는 비밀이 많다. 나의 센텐스가 행과 연을 가를 때 너의 문장은 말줄임표를 찍는다. 관객 없는 영화는 잠 속에 상영된다. 약속도 없이 창문을 두드린다. 젖은 낙엽이 스크린을 찢는다. 꿈속에도 저항하는 나의 센텐스. 찢고 또 찢어도 계속 처지는 너의 스크린. 백지 위에 백지를 맞댄다. 여름과 겨울이 시차도 없이 다녀간다. 낮과 밤이 퇴근을 하고 출근을 한다. 처음 들어 본 음악이 내 몸을 함락한다. 저 창문 안엔 어떤 폭설이 주검처럼 쌓이고 있을까 휘파람을 분다. 너의 창문에 물음표가 찍힌다. 영화 속 등장인물들의 입에 자물쇠가 채워진다. 열쇠는 없다. 나의 센텐스는 매번 첫 문장을 반복하며 도돌이표의 계절을 앓는다.

오픈 북

허리춤에서 흙먼지가 울고 개미 떼가 상여처럼 내 뒤를 쫓아와요. 끝이 없는 이 길엔 흰 꽃들만 뒹굴고 있죠. 꽃의 이름을 알 필요는 없어요. 어차피 이름이란 모두 지워지는 거니까. 누군가는 이 길에서 황금을 캤다고 하고 누군가는 빈 트렁크를 주웠다고 하지만 그건 다 길 밖의 일이죠. 허리가 자꾸 가늘어지고 손목시계가 자꾸 멈춰서요. 타박타박 내 발자국의 노래를 들어보세요. 노랫말 속엔 무성하게 싹트는 이파리와 그 이파리가 자라나 커다란 나무가 되는 길과 길이 뒤엉켜 또 다른 길을 만드는 길 속의 길들이 있어요. 호주머니도 휴지통도 머릿속도 모두 비우세요. 되도록 느린 걸음으로 그림자도 없이 흘러가세요. 그러다가 미련 없이 몸을 던지세요. 아름다웠던 꿈들을 하나씩 떠올려 보세요. 눈부신 길들의 스크린 속에서 죽음 뒤의 삶이 펼쳐질 거예요. 길은 꿈꾸는 순간만 열리므로 이젠 눈마저 버리고 왔던 길로 다시 가야 해요. 그래야 비로소 길은 새롭게 축성된답니다.

제로 행성

별이 떴으므로 달이 집니다. 어둠이 번식하는 것은 당신을 부르는 음계가 지하로 매장되었기 때문입니다. 아버지와 어머니의 이름은 진공과 역설로 바꿔 먹었죠. 자라지 못한 성장통이 밤마다 저려오듯 달빛에 봉숭아 물든 손톱이 싹뚝 잘려나갑니다. 추운지요? 오싹오싹? 내 외투는 색이 다 바랬습니다. 소매도 컵 속 물도 점점 졸아듭니다. 난쟁이도 키다리도 없는 세상을 기다립니까? 우린 아이도 어른도 아닌 나이가 될 수 있을까요?

아기가 기어갑니다. 엉금엉금, 판단하지 말아야 합니다. 진공의 사랑과 진공의 이별은 매번 연기되므로, 내일의 어른도 어제의 청년도 모두 친구가 되는 나라, 그 나라로 가고 싶습니까? 뿌리는 가위로 잘라버렸으므로, 너를 너라고 나를 나라고 하는 이유가 설명이 필요 없으므로, 노년의 계절은 노이로제가 심해 목련을 피우지 못합니다. 벽이 사라지다가 다가오는 것은 할머니의 유모차가 망각으로 활활 불타오르기 때문입니다.

너는 너였다가 내가 되고 나는 네가 될 수 없다고 비판하지 말아야 합니다. 비가 내리나요? 눈이 쏟아지나요? 그곳은 창밖이고 이곳은 창 안입니다. 눈보라가 폭우를 동반하고 지진이 해일을 몰고 온다 해도 해는 아기라고 이름 붙여진 붉은 것들을 울컥울컥 토해냅니다. 울지도 웃지도 않는 아기, 그 아기는 나이면서 당신일지 모릅니다. 이토록, 이번 삶은, 상투적일수록, 날마다, 새롭게, 태어납니다.

군조群鳥

최초의 여행은 핏발 선 알 속의 암청색 목마름이었지. 그때 조각달은 왼편으로 기울고 우리의 기원은 위독한 기록을 모래 무덤에 누설하지. 부리가 닳고 닳아 시선을 먼 곳에 걸어두고 조곤조곤 방주의 음계를 디디지. 비가 내리면 비의 산문을 밀월처럼 흘러 다니지.

압정처럼 찔려오는 인간들의 전기傳記.

수평선 가까이 어부의 눈빛이 붙들리고 나른한 상상력이 피어오를 때 친구들의 마른 종아리를 쫓다가 칡뿌리 뒤엉킨 해변 묘지에서 놀다가 위태로운 지층을 오독하지. 평등의 나날이 이 세계를 채울 때까지 우리 유파의 이전과 이후를 서풍에게 낭독해줄 수 있을까 우리의 마지막 여행이 한 번도 들어보지 못한 송가送歌의 별자리일 순 없을까

무릎이 어둠에 무디어질 무렵 동굴처럼 깊어지는 우리들의 눈매.

저물어가는 저 하늘의 환승역엔 조개구름들 군것지고 풍경의 절개지마다 근해의 야경이 알리바이를 위반하지. 어

떤 풍경도 담지 못하는 눈빛은 더듬더듬 먼 파도의 냄새를 맡지. 어떤 연혁을 부리에 묻혀 신비한 세계로 흘려보내야 할까 조각실자리마다 노을이 서서히 풀리어가고 가늘어지는 발목마다 고깃배의 탐조등이 걸린다.

우리가 내딛는 발걸음은 아무도 밟아보지 못한 결후의 경계이다.

해변의 카프카*

밀레나, 나의 밀레나,

이곳의 바람엔 비릿한 아카시아 냄새가 배어 있다오. 빗방울 떨어지는 해변의 묘지에는 포도나무 일가一家 당신의 종아리처럼 말라가고 있소. 이곳 수도원은 황혼의 물결 사붓사붓 풀어지고 수평선 끝자락 먼 고장의 발전소 불빛들, 당신께로 향하는 내 사랑의 발전기를 힘차게 돌리고 있다오. 그리하여 저 붉은 황혼은 새들이 당신의 나라로 실어 나르는 내 피인 것이오.

뱃고동 울릴 때마다 맨발로 달려 나가 선착장에 서면 내 눈동자 속에서 부서지며 사라지는 하얀 포말들. 이 편지지 위의 얼룩들은 내가 흘린 눈물이 아니라 당신께로 달려가는 긴 호흡들이라오. 막막한 눈동자들이라오. 이 순간에도 새들은 어느 식물의 팔을 베고 잠들어 있소? 이곳 사람들의 눈빛에 일렁이는 낯선 적의는 어느 바다에서 건져 올린 그늘의 무게란 말이오?

이 비 그치면 바닷길 너그럽게 품을 펼쳐주고 구름을 거느린 빗방울 식솔들 먼 국경 너머로 잠행할 것이오. 당신이 수용소 바닥에서 웅크리고 잠든 지금, 내가 자정의 해변을 불침번 서고 있는 까닭은 당신의 열정으로 내 죽음의 시간을 끝없이 유보하기 때문이오. 물결이 물결을 밀고 오는 이 그리움의 시간 우리의 사랑은 황혼기를 맞아 클클거리고 지금 물의 결이 목선을 흔드는 것은 연약한 당신의 영혼을 잠재우기 위해 자장자장 흥얼거리는 바다의 음악들이오.

간혹 폭풍을 앞세워 불어오는 북쪽의 전갈에 촉각을 곤두세우고 있소. 우리가 함께 바라보았던 세계의 창들은 빛을 잃어가지만 이 빗줄기 뚫고 이 폭풍 건너 바다 속으로 걸어들어가면 우리의 전부였던 자유가 기필코 펼쳐질 것이오. 밀레나, 이제 새벽이 오면 수평선 위로 붉은 피를 뿜어대는 태양이 되고 싶소. 불멸로 다가가기 위해 나의 죽음도 당신의 죽음도 바다로 모두 흘려보낼 것이오. 치욕처럼

• 해변의 카프카: 무라카미 하루키 소설.

제3부 자야

자야

백석은 자야를 사랑하고 자야는 백석을 사랑해서 나는 백석을 사랑하고 백석은 나를 모르므로 나의 자야子夜는 시름시름 깊어간다. 나는 자야에 태어나 저류로 흐르는 몸짓을 대기에 소루하고 나의 족적은 백년보다 긴 나중의 길을 걷는다. 자야가 깊어갈수록 내 가슴은 단애가 깃한 사바나가 된다. 입에선 단내가 나고 건조한 열풍이 나를 왜곡한다. 새로 한 시를 알리는 괘종시계는 관객 없는 내 글의 연극의 시작을 알린다. 나는 백지 위에 초원을 세우고 무덤과 운무를 띄우고 폭풍이 몰아치는 언덕을 축성한다. 그 속에는 백석도 없고 자야도 없지만 나는 그 텅 빈 생을 건너갔다 되돌아오는 일을 반복한다. 이별의 힘은 얼마나 나를 단단하게 만들었던가 사랑은 무한대로 줄 수 있는 자아의 혈血이 아니었던가 무관심한 무덤들은 가릉빈가가 되고 싶어 무수한 풀들을 제 머리 위에 키우지만 나는 결코 주류가 되고 싶지 않다. 나는 백지 같은 자야에 내 혈의 글을 써나간다. '나는 결코 육체의 삶을 두려워하지 않는다.' 백석과 자야가 헤어졌어도 그들의 정신의 힘은 풀린 적 없으므로, 자야가 완성되면 내 자아도 이 난청의 연극에서 벗어날 수 있을까

나타샤

붉은 사과의 밤. 달빛은 붉고 눈발도 붉어 눈은 길을 만들고 남북으로 휘돌고, 나는 뜨겁지도 차갑지도 않은 사상이 부끄럽고, 오래도록 침묵했던 나타샤는, 가난을 사랑할 수밖에 없었던 나타샤는, 치마폭 가득 사과를 따가지고 마가리로 향하네. 눈 속에 눈이 처박히는 밤이네. 사과 속에 꽃잎이 절명하는 밤이네. 옹이진 습곡을 다스리는 백지의 시간들. 꽃잎은 나타샤를 생각하고, 나타샤는 마가리를 생각하고, 마가리는 끝끝내 당도할 나타샤를 기다리네. 나는 나타샤와 흰 당나귀와 연고도 없지만, 적벽의 절벽을 외롭고 높게 오르지만, 사과는 붉게 익어가고 익어가는 눈송이는 생각이 깊어지고 눈이 보이지 않을 때까지 귀가 들리지 않을 때까지 백지가 백지를 수식하는 완벽한 환유의 시간이네. 꽃잎이 사라질 때까지 입이 사라질 때까지 쉴 새 없이 눈발은 익어가고 나타샤의 붉은 볼은 얼어가고 마가리는 나타샤를 기다리네. 눈은 눈 속으로 자꾸 처박히고 눈발은 사과 속으로 자꾸 절명하고 검은 눈동자의 나타샤는 실명失明을 하고 사과는 나타샤의 실명을 밤에게 설명하네. 모든 설명은 구차한 변명. 변명은 낮에나 어울리는 거라고 밤은 익어가며 생각하네. 나타샤가 당도할 마가리를 생각하네. 하얀 족두리 쓴 마가리를 생각하는 나타샤를 생각하네. 꽃잎이 지고 달빛이 지고 침묵할수록 가까워지는 나타샤의 호흡소리. 간절할수록 지워지는 나타샤의 발자국. 영어囹圄의 시간들이 음각되네.

백 년 동안

댐이 가까운 이 강가에 눈이 내려요. 하행 열차는 눈꽃을 피우며 달리고요. 몇 송이 눈이 내리고 강의 가슴팍에 사락사락 몇 개의 금이 그어지고 또 몇 송이 눈이 내리고 그리운 한 사람이, 외로운 한 사람이, 또 그 위에 서서히 잊혀져가는 한 사람이 자꾸자꾸 뛰어내려 쌓여요. 댐이 가까운 이 강가엔 모든 풍경들마저 머나먼 기억처럼 아득히 지워져가요. 고요와 적막에 골몰할수록 눈발은 북극의 자작나무 숲길을 달려 손을 호호 불며 펜촉으로 엽서를 쓰는 그대에게 닿을지 몰라요. 몇 송이 눈이 내리고 강의 가슴팍에 사락사락 몇 개의 금이 그어지고 또 몇 송이 눈이 내리고 상행 열차는 칼국수 면발처럼 서서히 풀어지고요. 눈발 하나하나에 눈망울을 그려줄수록 눈발은 흐느끼다 번진 잉크자국처럼 그렇게 그대와 나 사이의 얼음장을 쩡쩡 깨뜨릴지도 몰라요. 이곳의 마음은 북극에 가깝지만 이곳의 길은 블라디보스톡으로 향하지 않아요.

풍란

바람이 불어도 나는 가볍게 흔들리지 않고 바람이 불어도 나는 무겁게 촉을 세운다. 바람이 불지 않아도 나는 두렵게 생을 두드리고 바람이 불지 않아도 나는 서럽게 생을 연다. 어떤 이는 바람을 두려워하고 어떤 이는 바람을 거스르며 자신의 길을 간다. 바람이 내 속에 가득 차오르는 날이면 나의 등경엔 촛불이 밝혀지고 바람이 내 속을 살랑살랑 비우는 날이면 등줄기마다 푸른 실핏줄이 돋는다. 바람이 날마다 내게 들려주는 이야기는 쓰러지지 않을 만큼 슬픔을 끌어안는 것이다. 내가 날마다 바람에게 들려주는 이야기는 어떤 슬픔도 나를 쓰러뜨리지 못한다는 것이다. 세상은 천국을 쫓기 위해 어지럽고 나는 세상을 벗어나기 위해 고요한 투쟁을 계속한다. 바람은 다시 불고 나는 진심으로 바람의 촉을 붙든 채 내 정신을 비점沸點까지 끌어올린다.

별

그대는, 가슴이 따뜻한 사람이 죽어 그 가슴의 열熱로 불을 당겨 맑디맑은 창문마다 들려주는 저번 생의 이야기입니다.

그대는, 그 이야기에서 풀려나오는 비애 몇 자락 위로 흘리는 눈물방울과 여행자의 마른 발자국입니다.

또 그대는, 낮은 초가지붕 굴뚝의 연기를 따라 펼쳐지는 길, 그 길 위 수많은 얼굴들과 모래알들의 다른 이름입니다.

그리고, 태양과 달빛의 사구를 넘어 사막의 길을 가는 쌍봉낙타 한 마리와 길을 잃은 거친 호흡입니다.

그대는, 생사의 길 위, 낙타의 쌍봉에서 솟구치는 샘물과 삶이 죽음을 부둥켜안고 기어코 터뜨리는 울음입니다.

백야

그때 나는 돌 속에 있었는지 모른다. 눈보라가 바람을 따라 허공을 휘돌고 나무는 눈을 감고 바람을 움켜쥐고 있었을까 그때 나는 몇 세기 전 흙의 품속에 있었는지 모른다. 나무의 눈 속을 들여다보지 못해도 그 눈 속의 따스함 속으로 스미고 있었는지 모른다. 하루 이틀 눈보라가 이어지고 지상은 한 장의 백지로 내 생에 펼쳐지고 그때 나는 돌 속에 스몄던 바람과 햇빛의 냄새 속을 서성거리고 있었을까 그때 나는 흙 속에 담겼던 구름과 빗방울의 핏줄 속을 흘러다니고 있었을까 삶이여 뼛가루 같은 눈발이여 그대의 넓디넓은 하얀 가슴 벽에 어떤 언어를 새겨야 하는가 내 피와 뼈를 모두 토하고 깎아내도 그대의 순결함을 은유할 수 없음은 내가 한 인간으로, 저급한 짐승으로 태어났다는 깨달음뿐 내가 그대 가슴에 새기는 언어는 헛것의 글쓰기이다. 헛묘 한 채이다.

그대의 맨발

*

저물녘 맨발로 강가를 걷는다.
새의 발자국이 앞서간 곳에서
구름은 노을과 엉기며 알 수 없는 무늬를 그려나간다.

지상의 높낮이와 물의 높이를 기억하는
맨발의 시간들이 내 몸에 쌓여
나는 촉루髑髏처럼 먼 곳을 더듬거리기도 한다.

그대의 보드라운 맨발 하나를 갖기 위해
나는 전족을 한 여인처럼 절뚝거리며 다른 지파를 기웃거리고
모래에 얼굴을 문대기도 했지.

우리는 닮지 않은 발가락을 서로에게 맞추기 위해
먼 길을 돌아 끝내 제자리를 찾지 못하고 말았지.
그때의 마음은 한겨울 맨발로 지상을 딛고 선 나무를 닮았었을까

피 묻은 헝겊을 풀 때마다 들려오던

새의 울음소리는 나무의 맨발도 아프다는 증거였을까
그런 저녁이면 나는 기필코 별보다 멀리 달리고 싶어 했다.

*

지상의 어느 역이었을까
까만 맨발의 아이들이
허름한 생을 더러운 까치머리 위에 얹고
내 생을 두드리고 있었다.

그들이 안주할 곳은 지상에서 가장 낮은 곳이었을까
맨발 속에 숨긴 질긴 세습은
개에게나 던져주어야 할 낡은 유물이 아니었을까

온갖 짐승의 똥을 밟아도
그들의 발은 천상에 더 가까이 다가서고
저녁의 강물소리는
맨발에서 새어나오는 바람과 구름의 무늬가 되겠지.

그들은 지금도 등고선이 지워진 알 수 없는
변방을 향해 뛰어가고 있을 것이다.

*

어릴 적 어머니가 아버지의 발을 닦아줄 때
내밀던 아버지의 까만 발
그것이 어머니에겐 사랑이었고 희생이었고 용서였을까

미숙한 길, 익숙한 길, 다사다난한 길
그 길들을 오래도록 함께 바라본 두 그루의 은행나무처럼
아버지와 어머니의 발은 아주 많이 닮아 있을 것이다.

그리고 내가 그대의 뭉툭한 발을 씻겨줄 때
새의 발자국은 강가를 몇 번이나 배회하며 영원을 꿈꾸었을까
새들은 어떤 지도를 공중에 새기며 날아가고 있었을까

그대의 맨발이 제 분깃을 잃어버릴 때
나의 이름은 진보가 될 수 있을까

자각몽

아침은 밤을 저버리곤 했다. 햇살에 시린 눈을 뜨면 몇 다발의 꿈이 이슬에 젖어 있었다. 가장 가까운 곳에서 먼 곳의 물결이 울고 이슬에 맺히던 빛방울이 어둠에 익숙한 눈동자를 데펴 주었다. 건조한 계절이 지나가고 습습한 계절이 다가왔으므로 나를 안아주던 것들을 미련 없이 떨쳐버릴 수 있었다. 자아를 버리지 못하는 날들이 쌓이고 쌓여 갈수록 별들은 살얼음처럼 아프게 빛났다. 밤마다 두려운 예지몽을 이슬에게 내어주고 바람과 몸을 섞고 싶었다. 누군가 나를 부르는 소리 밤벌레 날아다니는 소리 그렇게 소리들이 밤의 고요를 키울 때 절벽의 나무들은 세상의 둘레를 환하게 밝혀주었던가 내 이름은 달빛에 젖어 들고 있었던가 어느 밤엔 서가에서 책갈피 넘기는 소리 들려왔다. 젊은 날의 이름이 책갈피 속에서 파르르 떨던 소리였다. 어제의 나는 오늘의 나를 완성하지 못하므로 가장 가까운 곳에서 먼 곳의 물결이 울고 습한 구름 속에 은닉된 실패한 연애가 새로운 사랑을 채록했다. 이 생의 습한 밀실들, 그것은 음악처럼 따뜻했다. 축축한 밤들이 들려주던 자각몽이었다.

그대의 적요

소리 소문 없이 바람의 방비放屁가 인간의 마을에 내려앉는다. 너무 많은 통속이 하늘 아래를 휘돌고 뜨거운 양철 지붕 위로 요설妖說처럼 고양이가 기어간다. 노을 지는 강가엔 구름이 침묵을 싣고 어느 어촌의 닻을 향해 떠나는가

시간이 멈춘다면 봄 들녘에 서서 가슴속 새를 꺼내 화살나무에게 줄까 그러면 세상의 모든 뿌리가 푸르고 둥근 세계와 탱고를 추겠지. 벚꽃 흐드러진 하늘길엔 어떤 회한이 자꾸 몽상을 퍼뜨리는가

그대의 나라도 그와 같을까

남태평양, 작은 섬의 버려진 욕조. 그 욕조의 시간은 정지해 있다. 호랑 돛배를 탄 몽상 하나 그곳에서 새털구름과 새의 자유를 노래하고 나비와 푸른 잎사귀들 그리고 안개 사이로 가벼운 섬이 방명록처럼 떠올랐다 가라앉기도 했던가

낮은 골목길에서 마주치는 얼굴마다 동백 같은 햇빛이 쏟아지고 만개한 햇빛이 지상의 곡선을 어루만질 때 바람의

침 속에 향기가 묻어난다. 그때마다 나는 그대의 침향을 베개 속에 품고 잠들고 싶었던가

그대의 나라도 그와 같을까

죽은 나무는 나비와 초승달 야생화들을 기억하지 못한다. 4월이 우물에 빠지는 날이면 검은 물고기와 딱따구리 소리를 접어 잊혀진 고향에게 엽서의 길을 묻는다.

시간이 멈춘다면 화살나무는 왜 불타오르는지 그대의 잠은 왜 빙벽이 되어야 하는지 그믐달에게 물어볼까 장편掌篇을 더듬고 더듬으며

누가 알까 모슬포에서 우포에서 죽었던 새가 다시 솟구쳐 오르는 것을, 그 길 위에서 억새와 빈터의 호박과 깨진 어항과 마주치기도 한다는 것을

그대의 나라도 그와 같을까

한낮, 그대 귓가에 당나귀 발자국 소리 들려오면 그것을

나의 상심이라 여겨주오. 한밤, 그대 가슴에 별무리 안겨오면 그것을 나의 침향이라 여겨주오.

이제 버찌가 달빛 나무 아래서 검붉은 몸을 열어 보일 때

그 검붉은 몸이 그대의 적요 속에 둥지를 트는 날

나는 마침내 바람의 유숙留宿을 낭독할 수 있으리.

우리들의 방주

수 세기 전에 불던 바람이 오늘도 부는 건 사시斜視의 물고기가 인간의 눈동자를 훔칠 수도 있다는 것. 수 세기 전에 흐르던 강물이 오늘도 흐르는 건 인간의 배설물이 인간의 입으로 들어가 기형을 낳고 기형을 기르고 있다는 것.

긴 잠에 들기 전 우리가 해야 할 일은 우리가 저질러온 불순한 기도를 낱낱이 적어 비둘기 발목에 묶어 우주 어딘가로 날려 보내는 것. 어느 날 비둘기 편에 날아든 편지에 지구는 이제 인간이 살 수 없는 천형지라는 사실이 적혀 있어

우리는 이 세상에서 가장 가벼운 갈잎으로 백일 밤, 천일 밤 방주를 엮지. 그리고 온유한 짐승과 그 짐승을 닮은 인간과 새 몇 마리를 그곳에 넣지. 우리들의 방주는 짐승과 인간과 새가 함께 배설하고 함께 밥을 먹고 잠을 자는 곳.

누가 누구를 거느릴 수도, 누가 누구에게 명령할 수도, 불복종할 수도 없으므로 방주 밖은 침묵의 눈비가 천 일째 내리므로 우리들의 방주는 소금처럼 안전하지. 어쩌다 우릴 닮은 물상物象들이 방주의 문을 두드리면 지금은 그곳보다 이곳이 더 위험하다고, 살기 위해서든 죽기 위해서든 세

상에서 가장 가벼운 존재가 되라고 말해주지.

수 세기 전에도 떠 있던 방주 한 척.

우리들이 만든 티끌보다도 가벼운 방주 한 척.

가르랑가르랑 오늘도 떠 있는 건 지금 우리가 딛고 있는 대지가 흙이 아니라 물이라는 증거. 너희가 손에 쥔 많은 것들이 그 물이 일으키는 물거품에 다름 아니라는 반증.

촉슬

어린 시절 동구 밖 버드나무엔 새들이 세 들어 살고 있었지. 새의 부리마다 구름이 뭉게뭉게 흘러 다니고 나무 밑으로 떨어지는 새똥마다 별빛이 뭉개졌지. 그때마다 나무는 얼마나 가슴을 찔렀을까 새들이 무릎을 맞대고 잠들면 나무는 맞댈 수 없는 무릎이 없어 얼마나 외로웠을까 나 그 시절 버드나무처럼 많은 것들을 내 속에 세 들여 놓고 살지. 그것들 빨리 피고 지는 꽃을 닮아 예민한 촉이 되어 무거운 생각에 머물기도 하지. 바람이 내 가슴구멍마다 창을 낼 때 구름은 내 혈맥 어느 곳을 흐르고 있을까 달빛이 뒤태를 쓰다듬는 동안 봄빛은 서늘한 내 이마 어디쯤을 서성거리고 있을까 그것은 낙화의 액션이었을까 독거미의 독설이었을까 망자의 손톱자국이었을까 나는 내게 묻지. 배꽃 떨어지는 날엔 어디서 삶의 냄새를 암살할 수 있는지 내 어린 사랑이 어디서 말라 비틀린 꽃뱀의 허물을 뒤집어쓰고 있는지. 내 몸 속 만신이 돌리는 돌확과 짓이겨진 그대 무릎을 닮은 데칼코마니와 발바닥에 박혀 한없이 부드러워진 굳은 생이여 누구나 버리고 싶은 슬픈 백정의 무딘 칼을 내 가슴은 품고 있다. 초승달이 내 몸에 돋보기를 들이대는 날, 푸른곰팡이 낀 망부가가 안개 자욱한 내 생의 강을 건너오고 나는 시린 무릎에 낡은 담요를 덮지. 그때 내 어린 시절의 버드나무엔 아직도 새들이 무릎을 마주대고 밤새도록 내 가슴의 촉을 어루만져주지.

시린 무릎을 서로 비비며 시린 무릎을 서로 끌어안으며 따뜻한 비를 맞지.

적도의 새들

민통선은 케냐나 콩고처럼 쉽사리 닿을 수 없는 곳
그곳의 아름드리나무 속엔 어떤 새들이 깃들어 살고 있을까

그곳엔 마을도 하나 있다지.
늘 붉고 뜨거운 총구가
알 수 없는 침묵을 겨냥하고 있는 마을

그 마을의 나무들 속에는 스스로 적막을 세우고
그 적막 속에 깃들어 사는 새들이 있다.

그래, 내게도 그런 적막한 나라 하나 있지.

세상의 살창에 갇힌 내 몸 속,
내가 영원히 닿을 수 없는 머나먼 나라
뜨겁고도 차가운 적도의 나라

그러나 그곳은 너무 멀다.

종일 망령된 태양이 넘실거리고

불립문자처럼 새들의 발자국이 쉼 없이 찍혀지는 그곳에도

새들은 알을 낳고 부화를 하고 비상을 하겠지.

내가 구토를 할 때마다

내 적도의 나라에선 새들의 구토가 계속 되고

새로운 날개가 돋은 아기 새들의 둥지는

텅 비워지고 다시 채워지겠지.

민통선의 새들이 침묵을 견디듯이

내 적도의 새들은

내 침묵을 먹고

침묵을 토하고

침묵을 견디며 살겠지.

적도의 폐허를 다 견디며

적도의 언어를 쪼며

어느 날엔가는 쉴새 없이 줄탁을 하며

새로운 언어의 세계를 내게 펼쳐주겠지.

폐허의 구토와
민통선의 이데올로기와
반도의 운명을 날개에 싣고
너희들은 어느 고을 위를 날아다니고 있는가

내 소욕所欲은 단지
내 침향이 바람결에 날아가
적도의 나라
새들의 날개 위에 올라앉는 것

그러나 적도는 너무 멀다.

청청靑靑

그는 따뜻한 먹이를 찾아 헤매지 않는다. 계류系流의 나무나 바위에 내려앉지 않는다. 근원을 알 수 없는 태풍과 해일, 빙산을 날아다닐 뿐 그가 언제 달콤한 집으로 돌아가는지 어디서 나약한 잠을 자는지 소문은 물비늘처럼 부유하지만 아무도 그를 모른다.

살아 있으므로 온몸의 물기를 짜내 소금의 언어를 짓고 자신의 질병을 삶과 죽음의 길항으로 바꾼다. 정체 모를 침몰선에 흘러들어 죽음으로 쓴 경전을 읽고 바다의 등에 득음한 시묘詩墓를 세운다. 날것은 날것으로, 헛것은 헛것으로 소우주의 중심과 마주한다.

그가 죽을 때 아가미와 비늘마다 투명한 눈동자가 돋아난다. 마치 눈동자로 빚어진 생물처럼 껌벅껌벅 허공에 떠 있다가 태양이 솟아오르는 순간 눈동자가 스르르 감기면서 스르르 녹으면서 그의 육신도 함께 증발한다.

아무런 변명 없이 무無가 된다. 어떤 사람들은 그것을 죽음이라 부르지 않고 '푸르름의 비행'이라고 부른다. 그리고 그는 다음 생에 푸른 물고기가 되어 다시 청청靑靑 돌아온다.

그리고 친절한 필체로 내 지느러미를 첨벙첨벙 사육한다.

달의 유빙

밤의 입술이 차갑게 빛난다. 아버지의 치아를 닮았다. 밤은 죄와 벌을 어둠과 뒤섞는다. 밤이 머리를 털자 천 개의 눈꽃이 피어난다. 밤의 이마에 눈꽃이 쌓이고 세상의 태아들이 최초의 울음 밖으로 뛰어나온다.

눈앞을 떠다니는 디아스포라여
겨울밤의 하얀 붕대를 풀며
허방을 아크로바트하며
피로한 항로를 달린다.
우리들이 알고 있는 미덕은 작고 하찮은 것들
소마세월, 알 수 없는 사건들이
조밀한 영토 속에 우리를 구겨 넣고 조롱한다.
목젖을 훑는 딱딱한 악절이여
우리의 본질을
피아간의 호기심으로 정죄하지 마라
우리의 발걸음은
빙벽과 흉곽을 아라리 아라리 정처 없고
물새알을 은박지에 말아 쥐고
죽은 새의 내장 속을 달린다.

밤의 무릎이 젖는다. 어머니의 눈시울을 닮았다. 밤은 부엌과 아궁이의 온기를 데핀다. 밤이 부뚜막에 엉덩이를 쉬일 때 시렁 위 꿀단지 속 고요는 중심을 향해 모이고 밤이 빛을 숙원 할 때 가마솥의 물은 비등점을 향해 스미고 뭉친다. 갓난아기의 온몸을 씻어줄 것이다.

장자의 언약을
포도나무 밑에 파묻는 자들아
정의는 늘 한밤에 도착하는 걸 아는가
누구도 자신의 망령을
풍장하지 않을 것이므로
수평선이 위그르 위그르 울고
죽은 고래가 해안가에 방백으로 쌓인다.
바람이 전도된 꿈을 실어 나를 때
우리가 지나친 밀월은
임계온도를 숨가삐 넘을 것이다.

어느새 어머니와 아버지가 되어버린 우리들! 이마와 발꿈치의 거리만큼, 달과 지구의 거리만큼 우리들의 연대는 저토록 멀다. 그 사이에 성에가 자란다.

눈앞을 떠다니는 디아스포라여
목젖을 훑는 딱딱한 악절이여
눈발이 흩날릴 때마다
갈비뼈에서 잎새가 진다.
향수병에 쉽게 걸리는 우리들의 문체
뿌리가 약한 나무들은
서둘러 일생을 마치고
성급한 연애는 쾌락을 거느린다.
저 골짜기의 침묵은 무엇을 연단하는가
어떠한 무리가
이 연대의 위位를 상속할 것인가

달이 서로 다른 체위로 몸을 뒤척이는 것은 우리들의 대화가 텅 비어버렸기 때문. 그 텅 빈 자리를 채우기 위하여 달의 입술과 이마와 엉덩이를 품어야 한다. 우리들 자궁 속에 꽁꽁 숨겨두어야 한다.

다시 세월에게
힘 잃은 헤게모니에게
불행하지 않은 미래를 들려주고 싶어

오늘의 미완성을 연주하지 마라

그대와 내가 끼워 맞추는 손깍지가

아름다운 주모主母를 이을 때

우리들의 눈동자는

달의 핏줄 속을

백 년 동안 유빙하고 있다.

하바네라

태양이 황도를 걷고 있을 때 밤이 푸른 노트를 심장에서 꺼낸다. 하늘 연못 속에 잠자는 숨결들아. 차가운 달을 끌어안고 밤의 들판을 헤치며 내 푸른 초장에 내려앉아라. 지금은 사원이 많은 골목에선 짐승의 털들이 창궐할 때 지루한 바람이 꽃들을 시궁창에 팽개칠 때 각진 모서리를 둥글게 깎으며 푸른 노트의 글을 받아 적는다. 응달과 양지에 대하여, 중심과 바깥에 대하여, 삶과 죽음에 대하여. 그대가 한 권의 시집이 되어 돌아온다. 그때 작업실 구석에서 죽었다 깨어난 어둠의 알갱이들이 허공에서 번쩍 눈을 맞춘다. 창 밖 버들잎이 떨고 그 떨림 속에서 헝그럭 푸른 노트를 관통한다. 명랑한 힘의 모멘트가 그대의 발을 익숙하게 드리블한다. 힝둥새 한 마리 포르르 솟구친다. 차월且月이 다가오기 전, 내 차가운 입술이 매복하기 전 내 심장을 깨우쳐다오. 객잔에 어리는 달빛에 찬별은 왜 기웃거리는가 별의 뇌관이 터지며 그대의 눈물이 내 발등을 적신다. 베이스를 깐다. 모든 것은 탄로 났다. 맨드라미에서 청동구름까지 한 스텝 한 스텝 태양 쪽으로, 빠르게 재빠르게 그대 눈물 속으로, 축축한 스텝기후 속으로. 내 몸은 그대의 시마詩魔 속에 빠졌다.

하야몽夏夜夢

내 들보들이 낭떠러지로 나를 떠다밀었다. 천 년 동안 읽혀진 묵시록을 찢고 외톨이들이 지친 육신으로 욕조에 잠수했다. 성聖스러운 죽음보다 치욕스러운 삶이 유적지를 장식했다. 초경과 폐경이 교차하는 강물 속으로 구름이 회색 리본을 흔들었다. 풀 위 물방울 입술들이 내 시어詩魚를 적셔주었다. 유일한 풍경은 고향집의 푸른 꽃과 오지의 숲 속에 박힌 열두 살의 동요. 그 속에서 무지개가 색色을 떨치고 신들메를 풀었다. 열풍이 오래된 거미줄을 통과하며 가벼운 축지법을 비웃었다. 두꺼운 기압골이 빗방울을 건축하고 내 삶의 얼룩들이 진흙탕과 사교했다. 탁류가 순결한 햇발을 구걸했다. 힘줄 돋은 말 하나 힘차게 구부러진 강물을 넘고 있을 때 엄마야 누이야 부끄러워 부끄러워, 노란 색실이 핏발선 내 눈동자를 꽁꽁 동여매주었다. 첫닭이 나를 열두 번 부정하고 나는 생생하게 침로를 수정하며 침례 했다. 풍비박산 난 회색 구름이 내 시육詩肉을 능징할 때 나는 춘천행 마지막 열차의 지붕 위에서 바람의 구지가를 불렀다. 노래의 바깥은 벌빙의 유배지였다

구름 여인숙

낯선 방에서 잠이 깨어 새벽 까마귀 울음소리를 듣는다.

꿈 조각들이 이슬에 스러지고

내가 알지 못하는 어떤 사람은 옆방에서 추운 별로 잠들어 있다.

이 행성에 묵어가는 사람들은 손님이자 스스로 집이 된다.

나는 잠 안에서 편안했고
잠 밖에선 구름처럼 떠도는 여인숙이었다.

잠 속과 잠 밖을 겉돌며
절벽에서 뛰어내리는 연습을 반복했다.

무릎이, 머리가 깨진 자리마다 어제의 시간이 연고처럼 마르고

딱지가 떨어진 자리에 어제는 그 자리 그대로 두 눈 부릅뜨고 살아 있다.

삶은 구름의 발바닥의 나날들,

사람들에게서 희망보다 등 뒤 절망을 위로하는 법을 배워야 했을까

백 년쯤 지나서야 비로소 나는 구름이 될 수 있을까

나비의 연안

철 구조물이 둘러쳐진 아파트 신축 부지에
잡풀들이 무성하게 번지고
나비들이 날아다니기 시작한다.

허공과 땅 사이에서 몽생과 몽사를 연모하는 나비들

가장 날카로운 생의 모서리를 끌어안고
스스로 몸을 낮추는 나비의 날개가 뜨겁다.

허공의 무게를 다 얹고도 가벼이 나는
날개 사이로 강이 흐른다.

그 강줄기 따라 나비 한 마리 갖고 싶어
이곳저곳을 기웃거린다.

화려한 나비는 독이 많고
초라한 나비는 내 겨드랑이를 간지럽힌다.

나비의 날개에 어둠이 깃들면
나비는 내 마음 내륙에 앉아

차윤취형車胤聚螢의 눈을 밝힌다.

나의 내륙엔 어딘지 모를 곳으로
꿈틀꿈틀 기어가는 애벌레들과
새벽 발바닥의 이슬을 핥아먹는
번데기들의 행렬

내 눈빛이 차조처럼 단단해지고
내 언어가 비녀못으로 강심에 꽂힐 때

내 겨드랑이에 날개가 돋고
나비 한 마리 날아오른다.

나비는 내 글에 차유칠을 하며
내 이매夷昧를 완성한다.

나비의 날개에 올라타 밤의 연안을 떠돌 때

꿈 안과 꿈 밖에, 거울 속과 거울 밖에,
이번 생과 다음 생 사이에

연안이 세워지고
나비와 내륙의 경계가 허물어진다.

내 무덤은 나비의 날개 속에 있다.

홀로그램

눈물이 얇아지고 속눈썹이 성급하게 마를 때 순간은 쾌락 속에 있다. 쾌락을 살 것인가 영원을 살 것인가 질문을 자주 변기 속에 빠뜨린다. 밥을 먹고 물을 마시고 자주 국도를 달려도 순간은 사라진다. 순간을 포옹할 때 영원은 나를 배신한다. 찬비가 내리고 풀여치는 울고 쾌락을 버릴 것인가 영원을 버릴 것인가 변기 물이 흘러가 푸른 식물이 자라듯 눅눅한 몸의 꽃자리마다 화사히 들어차는 별빛, 저 빛의 영원을 기억할 때 한 목소리가 울려 퍼진다. 질문을 자주 밥그릇 속에서 건져 올린다. 다정한 공기는 백년이 넘어도 미끈한 손발이 되어주지 못하고 너와 나의 언약은 영원을 모르면서 영원을 살고자 한다. 스스로에게 순간을 바친다. 쾌락을 불사른다. 도시의 새벽 붉은 토사물처럼 순간을 살 것인가 영원을 살 것인가 어차피 쾌락의 밥그릇에 빌붙다가 변기의 새로운 육종으로 태어날 운명이라면 죽지 않는 공기에 영원히 기생할 것이다. 순간을 살아도 영원을 살 수 있을까

침연沈演

중심은 내겐 낯선 비행운雲.

고무찰흙 같은 밤
물방울을 가득 머금은 식물이 뿌리를 뻗는다. 몽마에 흠뻑 젖은 내 몸이 달팽이 기어간 자국마다 땀을 떨군다.

나비의 알 속에서 시맥翅脈이 펄럭이고 초록빛 운동화 끈을 푼 뿌리가 몽니도 없는 눈물을 흙에 옮겨 적는다.

직유는 은유의 바람
은유는 직유의 눈꺼풀

푸른 잇몸들이
치마폭에 엎질러지고 바람과 눈꺼풀이 해후한다. 벽돌 같은 밤공기가 혀끝에 닿을 때마다 감겨오는 꽃향기는 누구의 배후인가

달콤함은 늘 희망을 배신하지.

거미가 버리고 간

곤충의 껍질 속에 별우물이 패이고 앞가슴을 풀어헤친 잎새가 발목도 없는 울음을 깨알 글자로 덧칠한다.

은유는 직유의 쌍생아
직유는 은유의 동공

중심은 뿌리가 줄기에게, 줄기가 잎새에게 손 내미는 침묵의 율동인가 습기의 장르인가

고무찰흙 같은 밤,
식물은 신비한 나의 침연인가

다산多産의 고향이 그리운 식물의 목덜미가 푸르러지고 뿌리가 기어간 자국마다 죽음의 열매가 빠르게 성장하고

중심은 내겐 낯선 비행운.

당신의 별사

당신은 또 다른 당신에게로 향하고 있다. 방을 떠나면서 떠나지 못하는 당신. 당신은 또 다른 당신을 잃고 눈물을 글썽일는지 모른다. 그리고 삶이란 끝없는 지평을 달려 한 계절을 앞서는 것임을 깨달을 때 당신의 또 다른 당신은 이미 방을 떠나고 없다. 존재하는 것은 존재하지 않는 것의 업. 몇 억 겁의 업이 쌓여야 우리는 죽기 전 한 채의 성을 쌓을 수 있을까 당신의 방은 당신의 얼, 당신의 침묵, 당신의 전 존재. 그곳을 벗어나서야 당신의 또 다른 당신은 당신을 겨우 떠올릴 수 있을까 삶은 부재할 때만이 곡진해지는 법. 방은 하얀 백지. 말들이 뜯는 풀은 그 백지 위를 뛰어다니는 펜. 그리고 푸른 말들이 내뿜는 파릇파릇한 콧김은 당신이 또 다른 당신에게 띄우는 별사인지 모른다. 그 별사를 써나가는 즈음 생은 이미 저물어 밤으로 접어들고 달빛은 방을 기웃거리고 당신의 이마는 달빛에 그을리며 자꾸 늙음 쪽으로 기울고, 지독한 겨울이 와도 칼바람이 방울소리를 끌고 지평을 달려도 닿을 곳이 없는 당신의 말들. 그 말들이 지독히 추운 당신의 방을 지금 떠나려 한다. 말들을 풀어주면 그곳에 남는 것은 당신과 또 다른 당신이 나누던 부드럽고 달콤했던 청춘의 밀어들. 당신의 방은 청춘의 한 지점에서 아직도 환한 등을 밝히고 있을 뿐. 삶은 고작 먼지 한 톨로 변한 당신과 내가 먼 우주로 보내는 슬픈 별사일 뿐.

해 설

분열된 나르시시스트의 (불)완전한 텍스트를 위하여

기혁(시인·문학평론가)

1

지극히 원론적인 얘기부터 시작하기로 하자. 시詩를 쓴다는 것은 무엇인가? 무척이나 곤혹스럽고 난감한 이 질문은 주술로써의 고대시가 출현한 이래, 가시화할 수 없는 영역에 잠재된 채 답변의 가능성만으로 존속되어온 듯하다. 하지만 '시'詩를 '쓴다'는 것에 대한 강박을 잠시 내려놓는다면 시의 활자화가 보편화된 이후, 한 가지 명제를 공유해왔음을 살펴볼 수 있다. 한권의 시집이든, 여러 매체의 지면이든 활자화를 염두에 둔 시는 (시인 자신을 포함해) 독자에게 선보이기 위해 쓰인 것이고, 그것은 곧 타자이자 세계의 구성원인 '독자'를 의식하면서, 때로는 그 의식 자체를 탈피하면서, 혹은 탈피의 파편들을 새로이 종합하면서 쓰였음을 의미한다. 활자화된 한 편의 시는 어떤 식으로든 형태(구조)가 결정된 사후적 결과물이므로, 일련의 결정 과정 속에는 시인의 분투와, 분투를 야기하는 시에 대한 나름의 정의가 완료되어 있다. 조금 싱겁게 들리겠지만, 활자화가 진행된 한편의 시는 그 자체로 '시를 쓴다는 것은 무엇인가?'라는 질문의 대답이며, 또한 활자화 이후의 상황에 대해 던지는 새로운 질문이기도 하다.

그럼에도 시에 대한 나름의 정의가 좀처럼 쉽지 않은 까닭은 활자화와 동시에 이전의 상황들이 모두 종료되고 휘발될 운명에 처하기 때문이다. 신이 부재한 이 세계에서 오직 자신의 내면에 근거해 세계를 개진해야 했던 산문가와 달리, 다수의 시인들은 자신의 내면을 벗어난 지점에서 시가 도래한다고 믿거나, 최소한 그러한 가능성을 열어두려는 욕망을 지닌다. 우리 앞에 놓인 한 편의 시가 활자화 이전의 분투를 향수할수록, 그러한 향수는 백지 위 검은 구조물에 대한 인과적 접근을 차단함으로써, 탈고에 이르기까지의 여하한 시적 행위들을 미완의 상태로 되돌린다. 그러한 경우 시인은 '쓰는 자'가 아니라 '받아 적는 자'가 되고 작품의 형태나 구조 역시 알 수 없는 영감의 산물이므로 완결성에 대한 판단 자체가 유보되는 것이다.

그러한 욕망이 신의 부재를 극복하기 위한 것인지, 자본주의적 체제에 대항하기 위한 것인지는 알 수 없지만, 활자화된 시는 휘발된 분투의 결과물이면서, 동시에 분투의 내용 자체를 애초에 없었던 것으로 은폐하는 이중성을 지닌다. 어떤 시인에게 활자화된 텍스트는 활자화 이전의 시가 있었음을 증명하는 검인檢印일 뿐, 그 자체로 아무것도 말해주지 않는다. 애초에 시는 "완전한 결핍"을 꿈꾸는 자의 것이고, "흔적도 없이 증발"하는 그 순간의 빛을 발하는 것이기 때문이다("내 언어가 완전한 결핍을 이룰 수 있다면, 흔적도 없이 증발할 때까지 찬란으로 살고 싶었다", 「소금의 텍스트」).

2

정원숙의 두 번째 시집 『수요일의 텍스트』를 메타적이라고 이야기할 수 있다면, 그것은 활자화된 시 텍스트를 가리키는 한해서 그렇게 말할 수 있을 것이다. 시인은 활자화된 시를 구성하는 텍스트들이 결코 완성에 이를 수 없음에도, 어째서 완결된 형태로 존재하는지 되묻는다. 이미 첫 시집에서 "우상도 없고 은유도 메마른 곳, 페루"를 노래하며 "아무것도 기다리지 않고 아무것도 호명하지 않기로"(「새들은 페루에 가서 죽다」, 『바람의 서』, 천년의시작, 2008) 다짐했던 시인에게 메타적으로 되돌아볼 수 있는 것은 시의 절대적 가치가 아니라, 미완의 상태로 견고하게 완료되어버린 텍스트들이다. 우리가 『수요일의 텍스트』에서 감지할 수 있는 낯설음과 난해함은 표면상 시적 주체의 분열이나 지적인 인터텍스트들로 인한 것이지만, 보다 근본적으로는 텍스트 이전의 시와 활자화된 텍스트를 구분해 사유함으로써 발생한다.

시인은 여러 형식적 접근을 통해 휘발해버린 분투와 시

텍스트 사이의 돌이킬 수 없는 간극을 수면 위로 끌어올린다. 하지만 그러한 간극으로부터 확인되는 바는 무기력한 절망감 대신 어느 한 편을 훼손하지 않으려는 완전체에 대한 욕망, 끊임없이 텍스트를 쌓고 무너트려야만 하는 시인의 간절함이다. 다분히 관념적인 주제를 다루고 있음에도 『수요일의 텍스트』에 실린 시편들은 지적인 유희나 형식 실험으로 추락하지 않는다. 최소한 정원숙에게 여하한 시적 상황(구조)들은 완료된 텍스트로써 거기 놓여 있을 뿐, 텍스트 이전의 시가 오롯이 드러나는 완전체가 아니기 때문이다. 시인에게 문제가 되는 것은 새로운 형식을 추구하기 위한 실험의 성패나 사후적으로 부여할 수 있는 미적 가치와 무관하게, 시인 자신의 목소리로 견고하게 완료되어버린 텍스트들이다.

> 검은 구름이 몰려옵니다. 창문이 없는 것은 내 잘못이 아닙니다. 세상엔 창문 같은 건 없었나 봅니다. 이 글쓰기를 지연해야 할까요? (……) 주머니가 없는 건 내 잘못이 아닙니다. 세상엔 주머니 같은 건 없었나 봅니다. 이 텍스트를 포기해야 할까요? 보세요. 주머니가 없어도 나는 상상으로 아기를 낳고 상상으로 아기를 사산합니다. 완전한 복화술을 익히면서 완전한 식물성을 탐구하면서 정의도 사상도 검은 흙 속에서 골라냅니다. (……) 고백은 텅 빈 것입니다. 고백 같은 건 기르지 않기로 했습니다. 무섭지 않아요. 두렵지 않아요. 창문은 원래 없었고 깨진 유리 조각도 애초

에 없었습니다.

—「모나드」 부분

시집의 가장 처음에 배치된 「모나드」에서 확인할 수 있는 바와 같이, 시인의 문제의식은 "창문이 없"이 닫혀버린 "텍스트"를 어떻게 바라볼 것인가 하는 점이다. 라이프니츠의 모나드Monad가 자신의 내적 원리에 의해 존립하면서, 각각의 공통분모 없이 '예정 조화'Preestablished Harmony에 의해 소통되는 것처럼 보인다면[1], 시인은 그저 자신이 완료한 텍스트 앞에서 신이 정해놓은 조화의 순간을 기다리는 것 외에는 달리 할 일이 없다. 활자화된 텍스트 '이전'을 고려하지 않을 때, 분열된 주체의 낯선 목소리(텍스트)는 새로운 구조를 꿈꿀 수 있지만, 그러한 가능성으로 말미암아 (완전체에 대한) 예정된 실패의 원인 역시 텍스트 내부의 문제로 한정짓게 되는 것이다. 즉 새롭다고 여겨지는 '사후적 텍스트'에 집착함

1 라이프니츠에 의하면 각각의 모나드(단자)는 독립적이고 구별될 뿐만 아니라, 자체 내에 활동의 원천을 포함한다. 그러나 다른 우주의 사물들이 그것들의 행위에 영향을 줄 수 없음에도 질서정연한 행위를 수행할 수 있는데, 라이프니츠는 이를 '예정 조화'의 관념으로 설명한다. 가령 서로 다른 악기와 합창단원들은 제각기 자리를 잡고 있으므로 서로를 보고 들을 수 없지만, 자신들의 악보에 따라 완전한 화음을 이룸으로써 듣는 이로 하여금 그들 사이에 무슨 연관이 있는 게 아닌가 할 만큼 놀라운 조화를 이룬다. 라이프니츠는 이와 같은 조화가 우연한 배열의 산물이 아니라 신의 활동에 의한 결과로써 예정된 것이라고 말한다(새뮤얼 이녹 스텀프·제임스 피저, 「대륙 이성론」, 『소크라테스에서 포스트모더니즘까지』, 이광래 옮김, 열린책들, 2007. p.376~p.378 참조).

으로써, 텍스트 내부에서 이루어지는 지적인 유희나 여하한 형식 실험 등에 의존하게 되고, 그로 인해 '시인'과 (텍스트 이전의) '시' 모두 텍스트 상의 결과에 승복해야만 한다.

하지만 텍스트 이전의 시와 활자화된 텍스트를 구분해 사유하는 시인에게 "창문이 없는 것은 내 잘못이 아"니라는 말은 단순히 완전체에 다다르지 못한 변명에 그치지 않는다. 텍스트의 절대성이 강조될수록 바로 그 텍스트로 인해 소외되는 시인의 아이러니가 폭로되는 것이다. 그가 누구든, 어떤 말을 하든, 시인의 "고백은(이) 텅 빈 것"이 되고 만다면, 처음부터 그는 아무 말도 하지 않은 "완전한 복화술"사가 되고 만다. 그러므로 "창문은 원래 없었고 깨진 유리조각도 애초에 없었"던 상황의 제시는 절망을 딛고서 "글쓰기를 지연"시키지 않으려는 시인의 응전으로 읽어낼 필요가 있다. 시인은 텍스트에 매달리는 대신 텍스트 이전의 시와 활자화 된 텍스트를 구분하고, 완료된 텍스트에 대한 사후적 소통 가능성을 배제함으로써 실험의 성패나 그 이후에 논의될 미적 가치들로부터 '시'를 분리시킨다. 모든 텍스트는 그 내부에서 (시인의 의도에 따라) 잘못 완료된 것이 아니라 처음부터 소통불가의 상태로 놓여 있게 되므로, 텍스트에 대한 기대와 희망, 그로부터 예감되는 절망과 두려움 역시 소멸하는 것이다.

> 침묵으로 가는 길은 멀었다. 귀에서 입으로 가는 길은 짧았다. 당신은 말했다. A급은 스페셜이고 질이 좋아. B급

은 거짓 낭만이고 소설의 끝처럼 씁쓸하지. 길 위 꽃을 꺾어
방을 장식했다. 보이지 않는 향기가 시간을 왜곡했다. 노래
는 아무것도 건설하지 못했지만 B급이 세상을 적셨다. 내
겐 정전이 없다. 그러므로 나는 들을 것이다. 결코 나는 발
설되지 않을 것이다. 서정의 방식으로, 거짓 낭만이 비에 젖
고 있었다.

—「월요일」 부분

따라서 텍스트 너머를 바라보는 시인은 자신의 목소리로 완료된 텍스트를 회의하고 그것의 해체로까지 나아갈 수 있다. 그러한 태도는 시적 주체의 자학이나 피학과는 구분되는 메타적 특성으로부터 기인한 것으로써, 주제적 차원에서가 아니라, 완료된 텍스트들의 '미완'을 선언하고 외부적 균열을 모색하기 위한 방법론적 호출이다. 인용한 「월요일」에 드러나는 것처럼 "정전이 없"는 시적 주체는 텍스트 이전(외부)의 시적 주체이고, '지금, 여기'에서 독자가 읽는 「월요일」은 그러한 외부적 주체가 "들"은 것을 메타적으로 진술한 것이다. 이는 곧 텍스트 내부의 시적 주체와 텍스트 이전의 시적 주체가 변증법적으로 지양됨을 뜻한다. 텍스트 이전의 시적 주체는 결코 "발설되지 않을" 테지만, 「월요일」은 이미 완료된 텍스트로 놓여있으며, 시를 이끄는 것 역시 텍스트 내부의 주체이기 때문이다.

표면상 자학과 피학의 몸짓을 취하는 정원숙의 시적 주체는, 오직 텍스트의 내부에서만 인식되는 분열된 주체와

는 구분될 필요가 있다. 시인은 텍스트 이전의 시적 주체에 의해 포착되고 전유된 주체를 등장시키면서도, 그가 텍스트 이전의 주체로서 어떤 발언도 할 수 없는 존재임을 끊임없이 상기시킨다. 그러한 외부적 균열을 통해 텍스트 내부의 해체는 그 자체로 완료되지 못하고 언제나 '미완'의 상태로 머물게 된다. 내부적 균열로 말미암아 자폐적으로 단절되는 통념상의 자학과 피학의 텍스트와는 지향점을 달리하는 것이다. 텍스트 내부의 시적 주체와 텍스트 이전의 시적 주체가 종합적인 목소리를 낼 때, "모나드"(「모나드」)로써 완료된 텍스트는 다시금 '미완'의 텍스트로 도약하게 되고, 완전체를 향해 나아갈 여지를 확보하는 것이다.

문제가 되는 것은 "서정의 방식으로, 거짓 낭만이 비에 젖"는 것처럼, 그것 역시 하나의 '포즈'가 될 수 있다는 불안이다. 완료된 텍스트의 완전한 죽음을 선언함으로써 텍스트 이전의 시(인)를 해방하려는 시도는 무척이나 이지적이고 도발적이다. 그럼에도 지적인 유희나 형식 실험으로 추락하지 않기 위해서는 투철한 실험 정신이나 능수능란한 철학적 사유에 앞서 완전체에 대한 시(인)의 욕망과 간절함이 자리 잡고 있어야만 한다. 바꿔 말하면, 시인은 서정성을 구축하는 가장 기본적인 요소로부터 텍스트의 한계를 돌파하려는 시도를 하는 것이다. 그러한 시도는 결국 전위적인 '포즈' 만으로 시가 완성될 수 없음을 보여주는 것이며, 동시에 "거짓 낭만"으로 "서정"시가 쓰일 수 없다는 것을 역설한다. 왜냐하면 시인에게 중요한 것은 진실로 '시를 쓴다는 것'이고 그것이 어떤 형식을 취하건 목숨을 거는 일이기 때문이다.

> 나는 여기 있는가 저기 있는가 허허벌판이 되어버린 갯벌, 물의 갈비뼈가 앙상하다. 사람의 마을은 멀어지고 갯바위 울음이 발밑에서 질척거린다. 물결의 끝은 알 수 없지만 오늘은 저 물결이 다만 잔잔하다고 생각하자. 아주 가까운 곳에서 물의 사자使者가 저녁상을 차리는가 귀환하지 못한 것들은 이곳에서 발목을 잘렸을 것이다.
>
> 나는 살아서 느끼는가 죽어서 날아다니는가 해면이 아귀를 맞추고 바람이 쩌렁쩌렁 하늘을 질책한다. 물결의 숨결이 내 가슴의 올무마다 걸린다. 머릿속을 돌멩이가 왁자지껄 굴러다니고 메뚜기가 마음을 까맣게 뒤덮는다. 달빛이 시비를 건다. 그래 참아주마, 끝까지 가보자. 영원은 어차피 내 가슴팍에 있다.
>
> —「나비」 부분

시적 대상을 자의적으로 전유하는 서정시의 기본 원리는 시인의 진실성과 간절함을 토대로 하지만, 그러기 위해서는 시적 주체에 대한 확신이 전제되어야 한다. 만약 시적 주체가 흔들리게 되면, 텍스트 역시 분열을 피하기 어렵고, 애초의 간절함마저 휘발되어버린다. 앞서 살펴본 「모나드」와 「월요일」이 분열된 주체를 통해 분열된 텍스트를 이루고 있다면, 「나비」는 분열된 시적 주체를 서정적 주체와 동일하게 진정성의 층위로 밀고 나가는 독특한 발화 방식을 보여준다. "나는 여기 있는가 저기 있는가", "나는 살아서 느끼는가 죽어서 날아다니는가" 끊임없이 반문하는 분열된 주체는 결코 "나비"를 전유할 수 없다. "나비"를 잡아채려 할수록 "귀환하지 못한 것들은 이곳에서 발목을 잘렸"다는 무너진 서정의 풍경, 분열된 텍스트의 예감만이 손아귀에 남는다. 그러나 "달빛이 시비를" 거는 전유 불가능의 상황 속에서도 시인은 글쓰기를 지연하지 않고 "끝까지 가"본다. 비록 서정성의 회복도, 해체된 풍경의 봉합도 이루지 못하지만, 그럼으로써 시인은 텍스트 이전의 시(인)가 전유했던 "나비", "영원은 어차피 내 가슴팍에 있다"는 인식 속에서만 전유될 수 있는 "나비"를 발견한다.

이처럼 분열된 시적 주체의 서정적 발화가 가능한 것은 텍스트 너머 완전체로서의 시에 대한 믿음과 간절함이 존재하기 때문이고, 아울러 그것은 시인의 진정성 외에는 증명할 방법이 없다는 것을 의미한다. 텍스트 이전의 시적 주체와 텍스트 내부의 시적 주체는 시편마다 목숨을 건 시인의 죽음이 아니라면 합일의 단계로 나아갈 수 없다. 시를 쓰는 동안 시인은 "아주 가까운 곳에서 태어나 아주 먼 나라에서 죽"(「예술가」)는 존재이고, "죽어서도 살아 있는 자의 춤"(「죽음의 무도」)을 추는 존재이다. 그러한 시인에게는 시적 스타일(文彩)조차도 "발바닥이 부르트게 달려가도 가까이 품을 수 없는 언어, 이 생에서 내가 지을 수 없는 문文의 체위 몇 채

(「문체들」)"로써 인식된다.

3

갑자기 시가 태어났을 때
내 생은 하나의 별전別傳이 되지.
나를 구워낸 당신은 나를 내팽개치고
젖은 구두를 벗어 던지라고 말하지.
새처럼 날아가면 구름이 될 거라고
귓속말로 음탕하게 속삭이지.
산 너머 아름다운 동네가 있나요?
그곳은 아버지가 떠난 길,
할머니가 앞니 빠진 웃음으로 사라진 길.
물고기와 생쥐는 딱 한 번 만났을 뿐인데
코끼리와 오렌지는 딱 두 번 헤어졌을 뿐인데
호랑이와 사자는 한 몸에 두 개의 머리를 나눠 가졌을 뿐인데
넌 어떤 종류의 시를 네 삶과 바꿔 먹고 싶은 거니?

(…중략…)

갑자기가 갑자기 죽었을 때
나는 1초도 불행할 수 없는데
점점 느리게 퇴행하고 싶은데
내 시에서 소독약 냄새가 났으면 싶은데

시구문은 당신의 입에도 있고,
내 입에도 있고, 더러운 시궁창에도
있고, 있고, 손톱 발톱 밑에도 있고,
진드기 속에도 있고, 영원 속에도 있고,
영원한 문, 항문 속에도 있고,
갑자기 하늘에선
찬란한 붉은 망토가
펜 같은 창살이
흥분한 한 마리 소가

제발 이 문 좀 열어줘.

난 투우하러 저 세계로 뛰어들어야 해. 그리고 직시해야 해
1초에 몇 사람이 죽어 나가고 몇 사람이 살아 남는지
내가 어떠한 펜의 형식에 찔려 쓰러지는지
이 삶이 나랑 무슨 상관이 있는지

—「詩, 口, 門」 부분

텍스트 내부의 주체와 텍스트 이전의 주체가 시인의 죽음을 통해 비로소 '시'를 완성하게 된다면, 시가 드나드는 "시구문詩口門"이란 결국 시체를 내보내는 "시구문屍軀門"과 다를 바가 없다. 비록 "갑자기 시가 태어"난 것처럼 보일지라도, 그 과정에는 이미 "하나의 별전別傳"으로 기록될 만한 시인의 삶과 죽음이 선행되어 있다. "새처럼 날아가면 구름이

될 거라고/ 귓속말로 음탕하게 속삭이"는 텍스트 이전의 주체를 따라잡기 위해선 "아버지가 떠난 길,/ 할머니가 앞니 빠진 웃음으로 사라진 길"에 들어서야 하고, "한 몸에 두 개의 머리를 나눠 가"진 완전체로서의 시가 어떤 의심도 없이 일상처럼 추구되어야 한다.

그런데 시인의 간절함이란 마음먹기에 달린 일이고, 시인의 죽음을 포함한 그 모든 사태 역시 한순간의 의구심으로도 무너져 내릴 수 있다. 수용미학의 오래된 지적을 돌이켜보면, 텍스트의 내용은 그것 속에 감추어진 의미가 아니라, 텍스트의 '구조가 발휘하는 힘'이며 독자는 그러한 텍스트와의 상호작용을 통해 구조가 발휘하는 힘을 체험한다.[2] 이러한 입장에서 중요한 것은 텍스트가 어떤 형식(구조)으로 완료되었는가 하는 점일 뿐, 완료된 이후에는 텍스트 이전의 시적 주체도, 시인의 죽음도 고려할 필요가 없다. 더구나 작가(주체)의 죽음이 공공연하게 언급되는 시점에서, 시인의 죽음이란 단지 "넌 어떤 종류의 시를 네 삶과 바꿔 먹고 싶은 거니?"라는 교환 가치의 대상과 별반 다르지 않다.

시인은 완전체로서의 시가 드나드는 "시구문"이 텍스트 이전의 주체인 "당신의 입에도 있고", 텍스트 내부의 주체인 "내 입에도 있"다고 말하지만, "이 문"을 통과한 다음에 드러

---

2 차봉희, 「문학 텍스트의 구체화와 수용미학」, 『수용미학』, 문학과지성사, 1985, p.91.

나는 것은 "1초에 몇 사람이 죽어 나가고 몇 사람이 살아남는지"를 타진해보는 시인 자신의 속된 욕망이다. 앞서 살펴본 바와 같이, 시인은 완료된 텍스트의 외부적 균열을 야기하고 그것의 완전한 죽음을 선언함으로써, 텍스트 이전의 시(인)를 해방하고자 한다. 그러나 완전체에 대한 이상을 지탱하는 것은 시인의 간절한 죽음을 간파한 명민한 '독자'가 아니라, 숭고와는 거리가 먼 시인 자신이다. 완료된 텍스트를 벗어나고자 발버둥 칠수록, 시인은 "이 삶이 나랑 무슨 상관이 있는지"를 되묻게 되고, 모든 "시구문"들이 무너질지 모른다는 불안에 휩싸인다. 그러한 불안으로부터 "몇 사람이 죽어 나가고 몇 사람이 살아남는지", 텍스트 내부의 주체인 "내가 어떠한 펜의 형식에 찔려 쓰러지는지"를 가늠해야 하는 상황에 직면하게 되는 것이다. 즉 "모나드"(「모나드」)로써의 텍스트, '구조가 발휘하는 힘'에 종속된 텍스트를 시인의 '죽음'을 통해 극복하려 했지만, 새로운 "펜의 형식"으로 완성된 텍스트조차 '구조가 발휘하는 힘'에 전적으로 의지해야만 하는 모순된 상황이 발생하는 것이다.

이로 인해 시인의 죽음은 독자(타자)를 의식하는 순간, '목숨을 건 도약'으로 전락하고 만다. 일찍이 고진이 지적한 바와 같이, 새로운 가치의 교환이란 "타인에게 무언가를 '의미하는 일'이 성립하는 한에서"[3]만 이루어지는 것이므로, 활자

3 가라타니 코오진, 「목숨을 건 도약」, 『탐구 1』, 송태욱 옮김, 새물결, 1998, p.49.

화된 텍스트 이전의 주체는 물론 외부적(사후적)으로 이루어진 텍스트의 균열 역시 고려의 대상이 아니다. 새로운 가치를 논할 수 있는 단계는 완전체로서의 '시'가 하나의 방법론으로 체계화된 이후이며, 그 이전에는 오직 시인 자신만이 가치를 매기고 그러한 가치를 위해 목숨을 건다. 엄밀히 말해 완료된 텍스트는 '교환'을 위한 가치를 획득하기 위해 목숨을 걸 뿐, 완전체에 대한 시인의 간절함이나 욕망 등은 포장지에 불과할지도 모른다.

내 여행은 늘 전복을 전복한다.
잉어는 비린내가 나서 싫지만
나는 잉여의 삶을 살고 싶었다.

가둔 물고기가 싫어
싱싱한 날것을 먹으러 이바라기에 간다.
상큼한 바다를 보러 이바라기에 간다.

이바라기, 이바라기 불러보면
잊었던 바리데기가, 해바라기가
구름 위를 뛰어오고, 그러나

나는 이바라기에 도착하지 못한다.

내 여행은 늘 순수를 역진화한다.

방구들을 두드리다 얼음 깨지는 소리를 듣고
몸이 시간을 엎지르는 게으름을
사랑하기로 자주 마음먹는다.

(…중략…)

잉여는 꿈도 꾸지 못하므로
가끔 즐거움이 필요하므로, 이바라기에 간다.
아픈 사랑니와 삔 손가락과 이불장 속
구름의 환상을 버리러 이바라기에 간다.

누군가 비행기 표를 선물하고
누군가 무릎 담요를 덮어주었으므로
어깨를 기대고 싶었다.
손을 잡고 싶었다. 그러나

나는 이바라기에 도착하지 못한다.

(…중략…)

갇힌 언어가 싫어
팔팔 뛰는 시어를 잡으러 이바라기에 간다.
붉은 핏물 뚝뚝 흘리는 시집을 낚으러 이바라기에 간다.

이바라기, 이바라기 불러보면
가난한 내 친구 요꼬의 동생, 준꼬가 뛰어오고
준꼬의 연인, 이즈미가 물결 위로
텅 빈 사랑을 밀며 온다. 그러나

이바라기행 비행기는 연착 중이다.

—「이바라기엔 잉어가 없다」 부분

그렇다면 이러한 현실을 어떻게 받아들여야 할까? 마음먹기에 따라 완전체로서의 시도, 그러한 시를 지향하는 시인의 욕망도, 욕망을 실현하기 위한 죽음도 모두 사상누각에 불과하다면, 시인에게 남은 것은 '시를 쓴다'는 낭만적 자의식 말고는 아무것도 없을 것이다. 시집의 1부가 "모나드"(「모나드」)로써의 텍스트에 대한 인식을 주로 다루고 있다면, 2부에서는 그러한 인식이 현실과 부딪히는 양상을 드러내고 있다. 2부의 첫 번째에 배치된 「이바라기엔 잉어가 없다」에서 시인은 "갇힌 언어가 싫어/ 팔팔 뛰는 시어를 잡으"려고 하지만 그를 통해 드러나는 것은 완전체로서의 실현불가능성이다. 기존의 테스트(구조)를 뛰어넘고자 하는 실험성마저도 초월해, "전복을 전복"하려는 시인의 "여행"(삶)은, 완전체를 향한 간절함에도 불구하고 "잉여의 삶"을 실현하지 못한다. 텍스트가 새로운 교환 가치("잉어")를 획득하기 위해선 먼저 순수한 "잉여"의 상태를 벗어나야만 하고,

그것은 곧 시인의 "여행"이 "순수를 역진화"한다는 것을 의미하기 때문이다. "순수를 역진화"하는 작업 속에서 발견되는 진리는 결코 "이바라기"(완전체)에 "도착"할 수 없다는 사실뿐이다.

하지만 우리가 눈여겨보아야 할 것은 "이바라기"의 존재가 부정되지 않는다는 점이다. 시인은 근대적인 "시간을 엎지르"는 "몸"의 게으름" 발견하고, 그것을 "사랑하기로 자주 마음 먹"음으로써, '목숨을 건 도약'이 의식되지 않는 지점을 모색한다. 그러한 "몸"의 "게으름"에 대한 "사랑"은 영원하지도 않고 여전히 "마음 먹"기에 달린 일일 뿐이지만, 비로소 "잉여는 꿈도 꾸지 못하"는 현실을 자각하게 되는 것이다. 이를 통해 "가끔 즐거움이 필요하므로, 이바라기에 간다"는 인식의 전환을 이루게 되는데, 완전체로서의 시는 낭만적인 이상을 좇아 완성되는 것이 아니라 "구름의 환상을 버리러 이바라기에" 가는 실천을 동반할 때 그 가능성을 확보하는 것이다. 그러한 시인은 "이바라기에 도착하지 못" 하는 존재로 추락하는 대신 "이바라기행 비행기는(가) 연착 중"에 있으므로 대기 중인 상태, 무한한 가능성을 잠재한 상태로 머무르게 된다.

이러한 견지에서 시인이 인식하는 '죽음'은 완전체로서의 시에 대한 환상을 버리는 '삶'을 통해 그 의미가 명확해진다. 시인의 죽음은 분명 완전체로서의 시를 완성하기 위한 숭고의 한 방식이지만, 카이유와의 말을 빌리자면 그러한 성스러움은 "생명과 동시에 온전히게 소유할 수 없는 그런 것"이다.[4] 죽음은 단지 시인의 삶(생명)을 소비하는 것이므로, 시인의 죽음이 의미를 지니기 위해선, 그의 삶이 어떤 실천적 지평 위에 펼쳐지는가를 염두에 두어야 한다. '목숨을 건 도약' 이전에 시인의 삶은 이미 그 자체로 끊임없는 분열과 불안 속에서 흔들려왔다. 그것은 교환의 대상으로써의 완전체를 넘어서는 믿음에 의한 결과이고, 처음부터 교환의 자리에 위치할 무언가가 상정되지 않았음을 뜻한다. 죽음은 바로 그 믿음과 간절함이 시인의 명확한 현실인식 속에서도 유효할 때, 주체의 분열과 불안에 언제든 흔들릴 준비가 되어 있을 때 비로소 교환의 테이블을 박차고 나올 수 있다.

> 나는 불안 없이 살 수가 없고 바람이 불어오는 쪽에서도 구름이 소멸하는 쪽에서도 거울은 사물을 온전히 담지 못하고 난 이 삶을 내 삶이라고 증명할 수가 없고 어쩌면 그대는 태어나면서부터 말더듬이가 아니었는지도 몰라. 불안이 나를 자게 하고
>
> 불안이 나를 살게 하므로 내 언어의 처소에는 성벽도 없고 장막도 없고 다만 혼몽의 밤이면 나는 장기에 빨갛고 파란 색을 칠할 뿐, 수천만 개 불안의 얼굴들이 내 삶의 알리

---

4 로제 카이유와, 「생명의 조건이며 죽음의 입구인 성聖」, 『인간과 聖』, 권은미 옮김, 문학동네, 1996, p.208.

바이를 조작하고 별들은 바람 속을 쓸쓸히 떨며 거닐고 불
안은 불안을 낳고

나는 실체도 없는 불안과 사랑에 빠지고 밤이 긴 것은 꽃
들의 훼멸과 부활을 위한 필연의 결과. 나의 침묵이 끝나는
곳에서 죽은 꽃이 다시 피어나도 나는 불안의 아기를 배고
불안해서 아기를 낳을 수 없고 사풍은 내 속에서 부랑과 유
랑을 반복하고 이것이 내 삶의 변증법, 불안의 자기복제.

—「파랑과 파랑 사이」 부분

결국 시인은 "불안 없이 살 수가 없"는 존재이고, "실체도 없는 불안과 사랑에 빠"질 수밖에 없는 존재이다. 그러한 주체에게 인식되는 세계는 라캉의 '거울 단계'를 제대로 거치지 못한 자아의 눈에 비친 세계와 일견 유사하다. 텍스트 이전의 주체와 텍스트 내부의 주체를 구분하게 되면, 기존의 상징계적 질서는 무의미해지고 상징계에 영향을 미치던 상상계의 분할된 충족감 역시 흔들리게 되므로 처음의 "거울은(이) 사물을 온전히 담지 못하"는 상황이 발생한다. 정상적인 '거울 단계'를 거친 아이는 거울에 비친 대상(신체)과의 비교를 통해 전체로써의 자아(이미지)를 형성하지만, "사물을 온전히 담지 못하"는 "거울"을 통해 자아를 형성하게 되면 이 세계로부터의 소외를 피할 수 없게 된다. 그러한 자아는 "이 삶을 내 삶이라고 증명"할 수 없으며, 그가 머무는 "처소(텍스트)"에는 "성벽도 없고 장막도 없고 다만 혼몽의 밤"이 지속

될 뿐이다.

그러나 여기서 거울에 비친 대상과 자아가 완전히 동일할 수는 없다는 점을 짚고 넘어가야 한다. 라캉이 지적한 바 대로, 거울 속 자아는 실재와 달리 오른손을 들면 왼손을 움직이게 된다. 그럼에도 모든 자아가 자폐에 이르지 않는 까닭은 그러한 간극이 나르시시즘(자기애)을 통해 극복될 수 있기 때문이다. 엄밀히 말하면, 나르시시즘을 통해 소외를 극복한다는 것 자체가 거울 속 신기루인 자신(타자)을 실재로 받아들이는 것과 같다. 결국 어떤 상황이라도 최초의 소외는 피해갈 수 없는 것이 되고, "자아의 기능은—파편화와 소외라는 진실의 수용을 거부하는—오인mis-recognition의 하나"[5]라고 할 수 있다. '거울 단계'를 온전히 지나지 못한 주체에게 어떤 문제가 발생하는 것은 부정할 수 없겠지만, 그것만으로 "태어나면서부터 말더듬이가 아니었는지"를 판단하는 일은 쉽지 않다. 나르시시즘은 거울의 왜곡을 극복하는 것이 아니라 단지 거울과 자아의 간극을 덮는 역할을 수행하는 것이다. "불안"에 휩싸인 채, "사물을 온전히 담지 못" 하는 왜곡된 "거울"을 보는 상황과, 거울 속 대상이 명확히 보이는 상황은 정도의 차이가 있을 뿐 양자 모두 실재가 아니다. 만약 '거울 단계'에서 온전한 자아가 "말더듬이"가 된다면, "거울"의 왜곡만으로는 충분히 설명되지 않는다. 오히려 그러한 왜곡을 감싸 안으려는 나르시시즘으로부터 더

5 숀 호머, 「상상계」, 『라캉읽기』, 김서영 옮김, 은행나무, 2014, p.47.

큰 영향을 언급할 수 있다.

"실체도 없는 불안과 사랑에 빠"져 "부랑과 유랑을 반복하"는 시인의 삶은, 그가 완전체로서의 시를 추구하기 때문에 비롯된 소외라기보다, '거울 단계'를 지나며 예정된 소외를 극단으로 밀고 나간 결과이다. 비록 "불안"에 매몰된 자폐적 모습일지라도, 그것은 거울 속 이상화된 모습이 실재가 아니라는 자각과, 그럼에도 내려놓을 수 없는 거울 속 왜곡에 대한 나르시시즘을 동시에 드러낸다. 그러한 자각과 나르시시즘이 반복되는 "불안의 자기복제"를 통해서 시인은 삶을 "변증법"적으로 지속시키고, '죽음'에 이르는 긴 여정의 순간순간을 "훼멸과 부활을 위한 필연"으로써 의미를 부여하게 된다.

4

여기서 우리는 시인의 나르시시즘이 무조건적인 자기애(이기주의)와는 다른 차원에서 진행되고 있음을 알 수 있다. 에리히 프롬이 현대의 이기주의는 나르시시즘의 결과가 아니라 올바른 자기애의 결핍에 기인한다고 지적한 것처럼[6], 시인의 나르시시즘은 자신의 추락을 잊기 위해 타자를 추락시키거나, 타자의 일관성을 의심하지 않는다. "불안

6 에리히 프롬, 『자기를 찾는 인간』, 박갑성 옮김, 종로서적, 1989, p.113.

의 자기복제"를 지속하는 시인은, 거울 속 대상이 나도 타자도 아닌 신기루일 뿐이라는 걸 염두에 둔다. 그러한 과정을 거쳐 발휘되는 나르시시즘은 궁극적으로 어느 누구도 '교환' 가능한 대상으로 전락시키지 않으려는 의도를 내비치게 된다.

> 너는 너였다가 내가 되고 나는 네가 될 수 없다고 비판하지 말아야 합니다. 비가 내리나요? 눈이 쏟아지나요? 그곳은 창밖이고 이곳은 창 안입니다. 눈보라가 폭우를 동반하고 지진이 해일을 몰고 온다 해도 해는 아기라고 이름 붙여진 붉은 것들을 울컥울컥 토해냅니다. 울지도 웃지도 않는 아기, 그 아기는 나이면서 당신일지 모릅니다. 이토록, 이번 삶은, 상투적일수록, 날마다, 새롭게, 태어납니다.
>
> —「제로 행성」 부분

시인은 더 이상 "너"와 "나", "창 밖"과 "창 안"의 이분법적 구분의 '불안'을 "비판하지" 않는다. "아기라고 이름 붙여진 붉은 것들"이 거울 속 "해"의 모습(이미지)을 자신의 것으로 받아들여야 하듯이, 이 세계는 실재에 가닿을 수 없는 "제로(空)"의 상태로, 그저 타자와의 관계 속에서 구축된 "행성(상징계)"이 놓여 있을 뿐이다. 그러한 "행성"에서 완전체를 지향하는 나르시시즘은 매번 실패한 이후 자각되지만, "이번 삶은(이), 상투적일수록, 날마다, 새롭게, 태어"날 근거를 마련하는 것이다. 시인의 나르시시즘은 "상투적"인 삶을 벗어나기 위해 동원되는 것이라기보다 오히려 그러한 삶을 타자와 함께 유지하기 위해 호출되는 것처럼 보인다. 3부의 초입에 배치된 시편들이 각각「자야」와「나타샤」인 것은 나르시시즘에 대한 그러한 시인의 인식을 보다 분명히 드러낸다. 두 편 모두 "가난한 내가/ 아름다운 나타샤를 사랑해서/ 오늘밤은 푹푹 눈이 나린다"(백석,「나와 나타샤와 흰 당나귀」,『여성』3권 3호, 1938)고 노래했던 최고의 나르시시스트 백석과 관련되기 때문이다.

> 백석은 자야를 사랑하고 자야는 백석을 사랑해서 나는 백석을 사랑하고 백석은 나를 모르므로 나의 자야子夜는 시름시름 깊어간다. (…중략…) 그 속에는 백석도 없고 자야도 없지만 나는 그 텅 빈 생을 건너갔다 되돌아오는 일을 반복한다. 이별의 힘은 얼마나 나를 단단하게 만들었던가 사랑은 무한대로 줄 수 있는 자아의 혈血이 아니었던가 (…중략…) 백석과 자야가 헤어졌어도 그들의 정신의 힘은 풀린 적 없으므로, 자야가 완성되면 내 자아도 이 난청의 연극에서 벗어날 수 있을까
>
> —「자야」부분

잘 알려진 바대로, "자야子夜"는 백석이 사랑했던 기생 김영한에게 붙여준 애칭이다. 눈이 내리는 것조차 "자야"와의 이루어질 수 없는 "사랑"에 의한 것이라고 했던 "백석"을 떠올리며 시인은 한 편의 시를 남긴다. 그런데 "백석"을 "사

랑"한다는 것은 곧 이별의 현실로 추락하지 않으려고 안간힘 쓰는 "백석"의 나르시시즘을 "사랑 하"는 일이다. "백석"과의 사랑을 추락시키지 않으려고 시를 쓰는 시인의 나르시시즘은, 시인과 무관해 보이는 "백석"의 "자야子夜"를 소유격인 "나의 자야"로서 호명하기에 이른다. "자야"가 "시름시름 깊어"가는 상황은 "자야"를 사랑하는 "백석"이 극복해야 할 현실이면서, 동시에 그런 "백석"의 나르시시즘을 사랑하는 시인의 현실이기도 하다.

「자야」를 집필하는 동안 "백석도 없고 자야도 없지만" 시인은 "그 텅 빈 생을 건너갔다 되돌아오는 일을 반복"함으로써, 자신과 "백석", "자야" 모두를 구원하고자 했을 것이다. 그러한 주체에게 중요한 것은 "백석과 자야가 헤어졌"다는 사실을 알고서도 "그들의 정신의 힘은 풀린 적 없"다고 스스로를 다독일 줄 아는 "자아"이다. 앞서 언급했던 라캉은 그러한 "자아"를 "오인mis-recognition"으로 설명했지만, "이별의 힘은" 오인된 "자아"로부터 도래하는 것이고, 그러한 "자아"가 굳건하게 삶을 살아갈 때, "사랑은(을) 무한대로 줄 수 있는 자아의 혈血이" 돌게 된다. 뜬금없어 보이는 "자야子夜"와 "자아"의 언어유희는 최소한 시인에게 거울에 비친 이미지와 실재의 관계일 수 있다. "자야子夜"가 완전체로서의 "자아"로 "완성"되기 위해 필요한 나르시시즘으로부터, 닫혀져 버린 채, '교환'의 테이블에 올려진 텍스트, "이 난청의 연극에서 벗어날" 가능성이 확보되기 때문이다.

오래도록 침묵했던 나타샤는, 가난을 사랑할 수밖에 없었던 나타샤는, 치마폭 가득 사과를 따가지고 마가리로 향하네. 눈 속에 눈이 처박히는 밤이네. 사과 속에 꽃잎이 절명하는 밤이네. 옹이진 습곡을 다스리는 백지의 시간들. 꽃잎은 나타샤를 생각하고, 나타샤는 마가리를 생각하고, 마가리는 끝끝내 당도할 나타샤를 기다리네. 나는 나타샤와 흰 당나귀와 연고도 없지만, 적벽의 절벽을 외롭고 높게 오르지만, 사과는 붉게 익어가고 익어가는 눈송이는 생각이 깊어지고 눈이 보이지 않을 때까지 귀가 들리지 않을 때까지 백지가 백지를 수식하는 완벽한 환유의 시간이네.

—「나타샤」 부분

시詩를 쓴다는 것은 흔히 말로 짓는 사원에 비유된다. 그것은 한자어 생성의 문법을 무시한 오류이지만, 바로 그 오류(오인)로부터 시는 완전한 사원으로 거듭나게 된다. 정원숙의 시는 바로 그 사원을 다시금 오인해 "마가리"(오두막)로 부르려 한다. 시인의 메타적 시 쓰기는 무한한 자기애의 표출이며, 동시에 자기 자신을 위한 완벽한 "마가리" 한 채를 짓기 위한 몸부림이다. 시인은 "나타샤와 흰 당나귀와 연고도 없"이 오직 자기 자신을 위해서 "적벽의 절벽을 외롭고 높게" 올라야만 하는 차고 슬픈 존재다. 시인의 삶은 "백지가 백지를 수식하는 완벽한 환유의 시간" 속에서만 숨을 쉴 수 있다. 그것은 "고작 먼지 한 톨로 변한 당신과 내가 먼 우주로 보내는 슬픈 별사일 뿐"(「당신의 별사」)이지만, 그로부터 시인도, 당신도, 단 한 번도 스스로를 사랑해본 적 없던 누군가도, 깊은 잠에서 깨어나 새롭게 태어나는 '죽음'을 향해갈 수 있다.